清代詞籍選本珍稀版本彙刊（第一輯）

主編　沙先一　曹明升

梁溪詞選

[清]侯晰　輯

曹明升　點校

南京大學出版社

國家社會科學基金重大項目「歷代詞籍選本敍録、珍稀版本彙刊與文獻數據庫建設」成果

國家出版基金項目

「十四五」時期國家重點出版物出版專項規劃項目

二〇二一—二〇三五年國家古籍工作規劃第一批重點出版項目

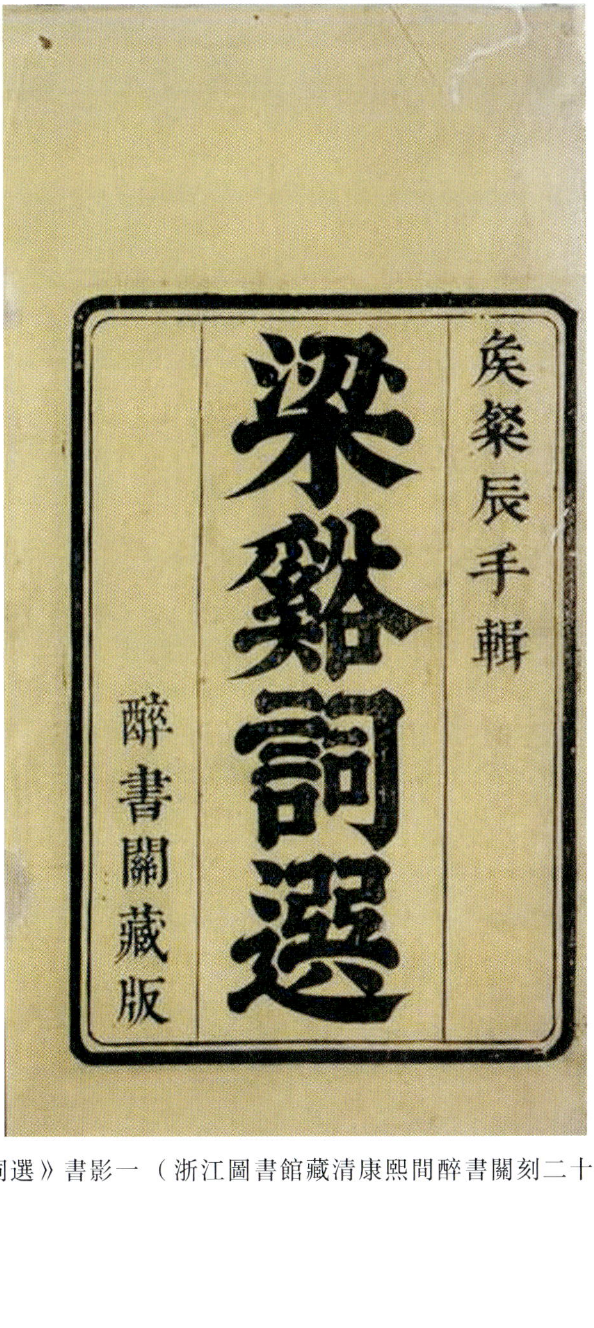
矦棨辰手輯
梁谿詞選
醉書閣藏版

《梁溪詞選》書影一（浙江圖書館藏清康熙間醉書閣刻二十一卷本）

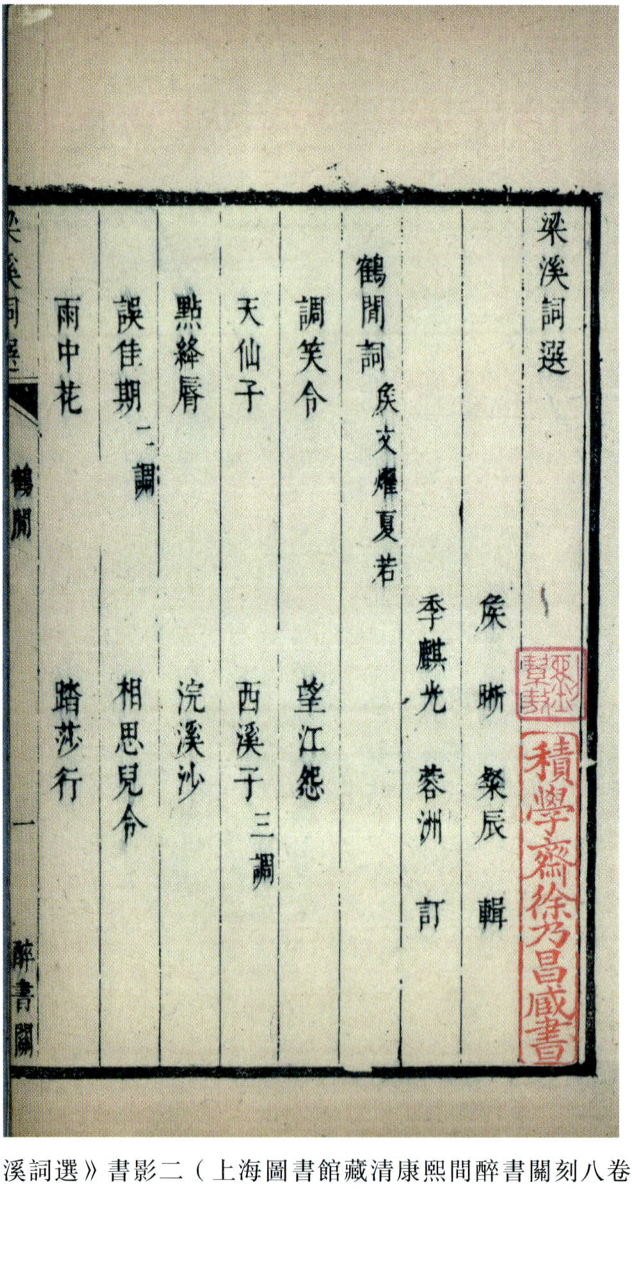

梁溪詞選

侯晰　粲辰　輯

季麒光　蓉洲　訂

鶴閒詞　侯文燿夏若

調笑令　望江怨

天仙子　西溪子　三調

點絳脣　浣溪沙

誤佳期　二調　相思兒令

雨中花　踏莎行

梁溪詞選　鶴閒　一　醉書闗

積學齋徐乃昌藏書

《梁溪詞選》書影二（上海圖書館藏清康熙間醉書闗刻八卷本）

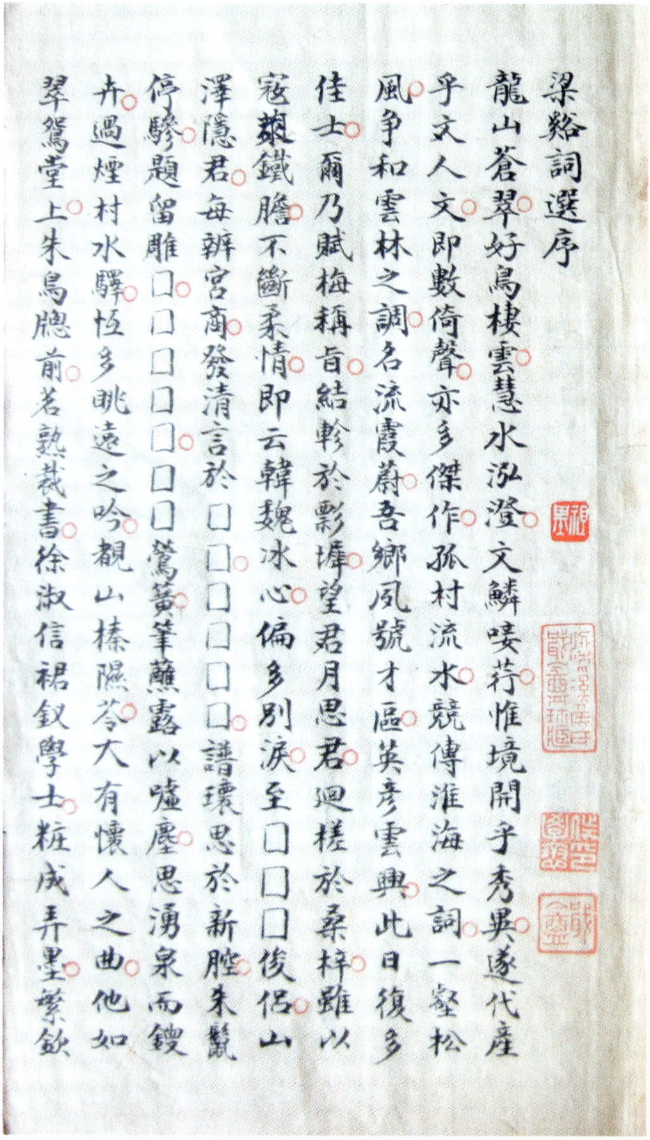

梁谿詞選序

龍山蒼翠好鳥棲雲慧水泓澄文鱗唼荇惟境開予秀異遂代産乎文人文即數倚聲亦多傑作孤村流水競傳淮海之詞一壑松風爭和雲林之調名流霞蔚吾鄉夙號才區英彥雲興此日復多佳士爾乃賦梅稱旨結軫於影壚望君月思君迴槎於桑梓雖以寇[illegible]鐵膽不斷柔情即云韓魏冰心偏多別淚至□□後侶山澤隱君每辨宮商發清言於□□□□□譜環思於新腔朱鬣停驂題留雕□□□□□□鶯簧筆蘸露以嘘塵思湧泉而鏤卉過煙村水驛恆多眺遠之吟覩山榛隰苓大有懷人之曲他如翠鴛堂上朱鳥牕前若孰裁書徐淑信裙釵學士粧成弄墨繁欽

《梁溪詞選》書影三（上海圖書館藏清鈔十九卷本）

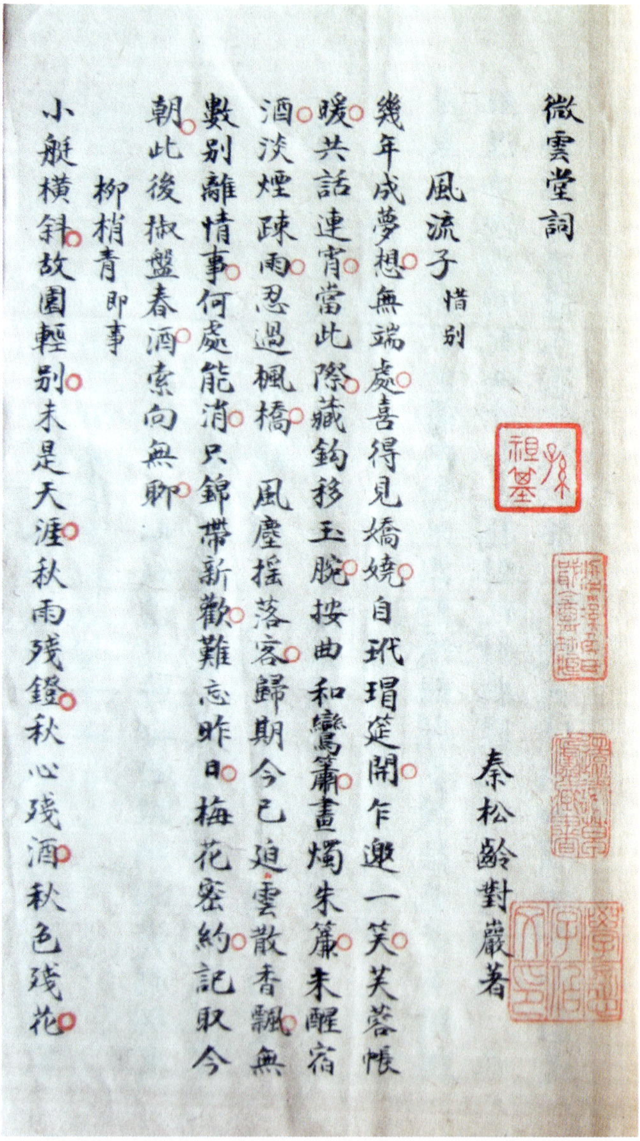
微雲堂詞

秦松齡對巖著

風流子 惜别

幾年成夢想無端處喜得見嬌嬈自玳瑁筵開乍邀一笑芙蓉帳暖共話連宵當此際藏鉤移玉腕按曲和鸞簫畫燭朱簾未醒宿酒淡煙疎雨忽過楓橋　風塵揺落客歸期今已迫雲散香飄無數别離情事何處能消只錦帶新歡難忘昨日梅花密約記取今朝此後椒盤春酒索向無聊

柳梢青 即事

小艇横斜故園輕别未是天涯秋雨殘鐙秋心殘酒秋色殘花

《梁溪詞選》書影四（上海圖書館藏清鈔十九卷本）

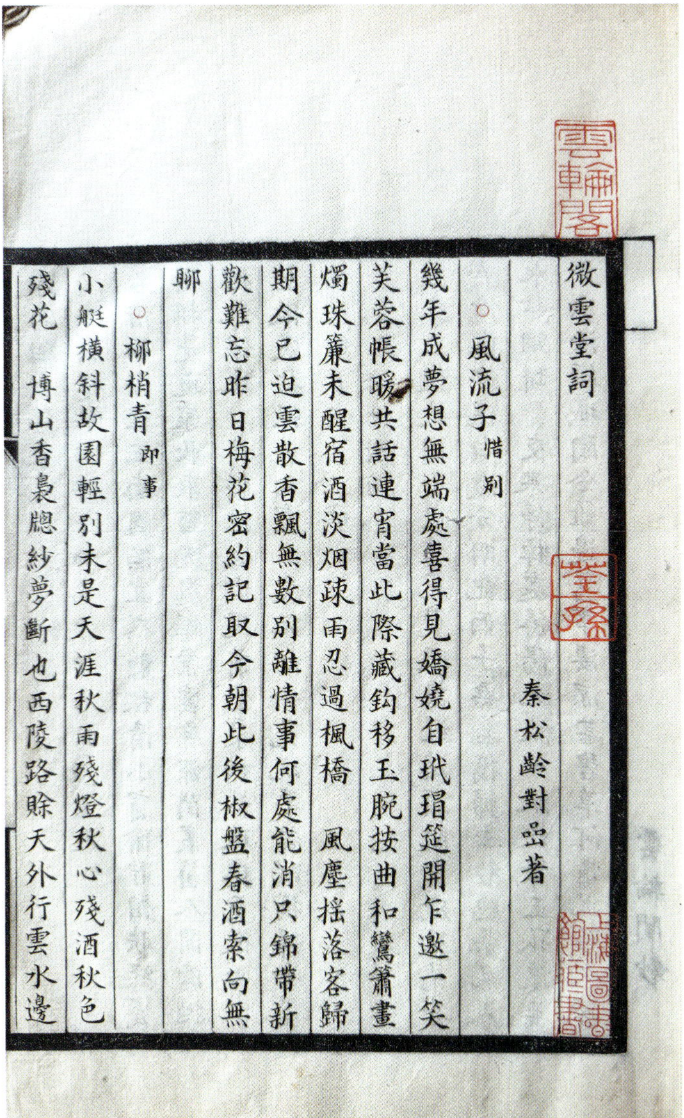
微雲堂詞

秦松齡對嵒著

風流子 惜別

幾年成夢想無端處喜得見嬌嬈自玳瑁筵開乍邀一笑芙蓉帳暖共話連宵當此際藏鈎移玉腕按曲和鸞簫畫燭珠簾未醒宿酒淡烟疎雨忍過楓橋　風塵搖落客歸期今已迫雲散香飄無數別離情事何處能消只錦帶新歡難忘昨日梅花密約記取今朝此後椒盤春酒索向無聊

柳梢青 即事

小艇橫斜故園輕別未是天涯秋雨殘燈秋心殘酒秋色殘花　博山香裊總紗夢斷也西陵路賒天外行雲水邊

《梁溪詞選》書影五（上海圖書館藏清雲輪閣鈔十九卷本）

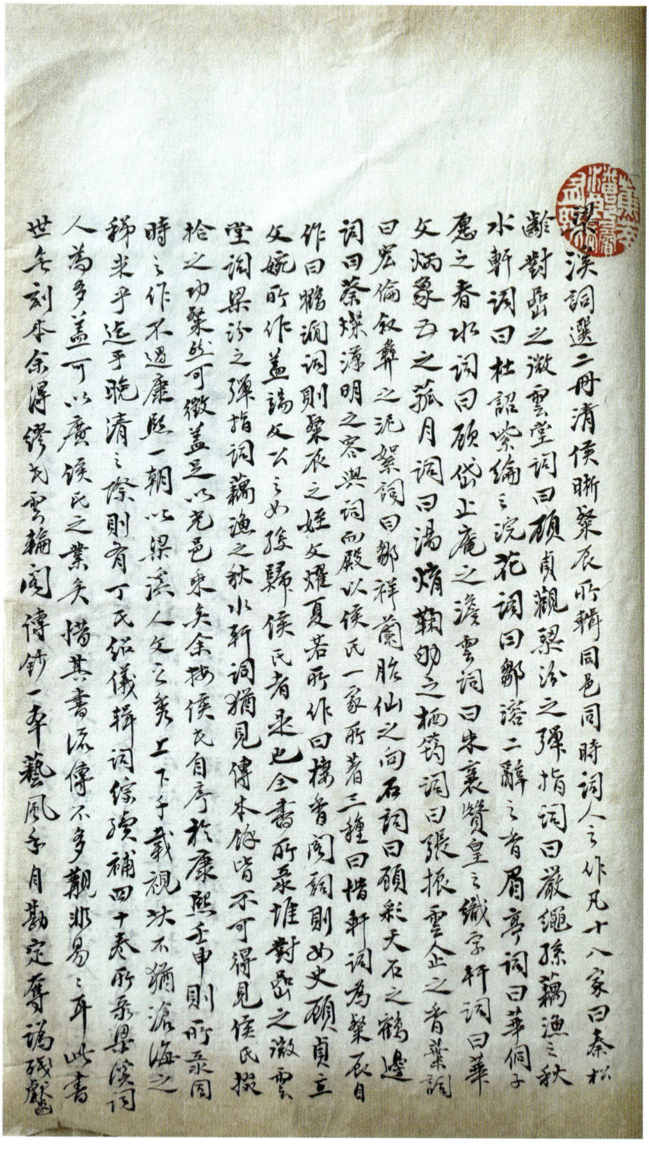
梁溪詞選二册，清侯晰榮衣所輯同邑同時詞人之作，凡十八家：曰秦松齡對山之漱雲堂詞，曰顧貞觀梁汾之彈指詞，曰嚴繩孫藕漁之秋水軒詞，曰杜詔紫綸之浣花詞，曰鄒溶二雝之香眉亭詞，曰華侗子愚之春水詞，曰顧岱止庵之浚雲詞，曰朱襄贊皇之織字軒詞，曰華文炳豪石之孤月詞，曰湯焯鞠卿之栖筠詞，曰張振雲企之香葉詞，曰宏倫叙彝之浣紫詞，曰鄒祥蘭䑛仙之向石詞，曰顧彩天石之鶴邊詞，曰秦燦濼明之容與詞，而殿以侯氏一家所著三種：曰惜軒詞，為榮衣自作；曰鶴澗詞，則榮衣之姪文燿夏若所作；曰棣香閣詞，則女史顧貞立文婉所作，蓋端文公之女孫，歸侯氏者也。全書所采，推對山之漱雲堂詞、梁汾之彈指詞、藕漁之秋水軒詞，猶見傳本，餘皆不可得見。侯氏掇拾之功，榮然可徵，蓋足以光邑乘矣。余按侯氏自序於康熙壬申，則所采固時之作，不過康熙一朝，以梁溪人文之秀，上下千載，視此不猶滄海之稊米乎？迨乎晚清之際，則有丁氏紹儀輯詞綜續補四十卷，所采梁溪詞人為多，蓋可以廣侯氏之業矣。惜其書流傳不多，覯非易易耳。此書世無刻本，余得繆氏雲輪閣傳鈔一本，藝風手自勘定，尊講殘闕

《梁溪詞選》書影六（上海圖書館藏清雲輪閣鈔十九卷本）

總序

「選本」是中華優秀文學傳統的一個重要組成部分，其源頭可以追溯到先秦時代的《詩經》，其後歷代不衰，舉凡詩、詞、文、賦、小説、戲曲，「選本」在各種文體的觀念形成、範式建構、統序傳承、經典確認等各個方面都發揮着重要的功能，可謂貫穿於中國文學史建構的始終。從這個意義上説，我們今天面對的「文學史」某種程度上就是歷代人們以各種各樣的方式「選」出來的。因此，文學之選本乃是文學史運行的一種重要載體，是文學史的一種隱形書寫方式。千年詞史，亦不例外，詞籍選本整理和研究的根本意義即在於此。

一

作爲文學作品之詞籍，大致可分爲專集、全集、選集三大類。專集，通常指某一詞人的全部詞作或數家詞人詞作的彙總；全集，今天通常指將某個時代的全部詞作蒐集成帙；選集，則多指編選者按照一定的觀念來將部分詞人詞作彙録成册。然而古人常將詞總集與詞選這兩個外延並不相同的概念混爲一談，因而詞譜、叢刻、合刻也會被視爲詞選。爲此，肖鵬先生在

《群體的選擇：唐宋人詞選與詞人群通論》中對「詞選」做出了界定：「必須同時具備兩個基本要素：部分作品，部分詞人。也就是説，詞選必須既選人，又選詞。」這樣的詞選纔具有「删汰繁蕪，使莠稗咸除，菁華畢出」的批評功能（《四庫全書總目·總集類序》）。

詞籍選本的具體形態和批評功能有一個歷史的發展過程。今存最早的詞選，爲唐代民間文人（佚名）所編《雲謡集雜曲子》，上層文士選詞則始於五代後蜀趙崇祚所編《花間集》。兩宋時期，詞體創作興盛，詞選亦盛，明人毛晉《草堂詩餘跋》曰「宋元間詞林選本，幾屈百指」，只可惜亡佚甚多，目前傳世宋人所輯詞選僅不到十種。從所選對象來看，兩宋詞選可分爲三種情形：一是宋人所編唐五代詞的選本，如《尊前集》《金奩集》等；二是以宋詞爲主，又間及唐五代與金源詞人作品的選本，如《梅苑》《唐宋諸賢絶妙詞選》《中興以來絶妙詞選》等；三是全爲宋人詞作的選本，如《樂府雅詞》《絶妙好詞》等。

元明詞壇相對蕭條，今存所編詞選約五十餘種。根據所選詞人的時代歸屬，元明時期的詞選大致可分爲兩種類型：一爲元明時期編選而成的當時詞人作品的詞選，如元初的《樂府補題》、明代的《幽蘭草》等；二爲元明時期編刊的唐宋或唐宋至元明的詞選，如陳耀文輯唐宋詞而成的《花草粹編》、潘游龍選録唐宋金元明詞一千三百多首編成《古今詩餘醉》。而唐五代時期的《尊前集》《花間集》等詞選的翻刻本，亦應歸入第二類。其實明代中後期的詞選數量並不少，但佳製不多，主要以《草堂詩餘》爲改編對象，所以還是給人以凋敝荒蕪之感。

清代詞壇，史稱中興，選詞之事鼎盛，較之前代，清人所擁有的詞史積累更爲豐富，基於詞學的選家意識也非常突出。就現存詞選來看，清代約有將近兩百種，超過了前代的詞選數量總和；從質量來看，清代詞選也是超邁前代。首先，選家們在操選政時態度認真，追求精當。陳廷焯嘗言：「作詞難，選詞尤難。以我之才思，發我之性情，猶易也；以我之性情，通古人之性情，則非易矣。」（《白雨齋詞話》卷八）所謂「以我之性情，通古人之性情」，就是要將選家的審美標準與古人的精神氣度以及詞史的真實風貌有機融合。這並非易事。而如此認真的態度和高遠的追求，也正是清代詞選得以超越前代的重要基礎。其次，清代詞選選源廣泛，文獻豐富。汪森《詞綜序》有云：「計覽觀宋元詞集一百七十家，傳記、小說、地志共三百餘家，歷歲八稔，然後成書。」這種對詞籍文獻的大力搜討，是前代詞選所無法比擬的。再次，清代詞選選型多樣，內涵豐富。有清一代，除了傳統的斷代詞選、通代詞選、專題詞選外，還出現了大量的地域詞選，如戈元穎等人所輯《柳洲詞選》、侯晰所編《梁溪詞選》等，以及女性詞選，如周銘所輯《林下詞選》、歸淑芬等所編《古今名媛百花詩餘》等。這對於研究地域文化的構成與女性文學的發展，具有非常重要的意義。至於清代詞選的批評功能，下面再作介紹。基於這些特點，清代詞選在古代「選詞學」中最具理論意義和文獻價值，這也是我們要整理出版《清代詞籍選本珍稀版本彙刊》的重要原因。

民國是千年詞史的轉型期，所纂詞選在編選方式、編選體例、編選思想等方面，皆具現代意義，對現當代詞學的建構具有重要價值。陳水雲曾在《中國詞學的現代轉型》中總結：「到了清末民初，詞選的編纂出現了四種動向：第一種是以詞選來傳達觀念，爲詞壇引領新的審美風尚，如朱祖謀《宋詞三百首》；第二種是以選詞作爲自娱的工具，也表達編選者的審美觀念，如陳曾壽《舊月簃詞選》、劉瑞潞《唐五代詞鈔小箋》、俞陛雲《唐五代兩宋詞選釋》等；第三種是在出版部門的邀約下，爲普及詞史或詞的常識而編選的詞選，如胡適《詞選》、胡雲翼《唐宋詞選》、龍榆生《唐五代宋詞選》等；第四種是爲着教學的目的而編選的詞選，如吴梅《詞選》、孫人和《唐宋詞選》、龍榆生《唐宋名家詞選》等。」其中第三、第四類是民國時期新出現的選型。當時爲了普及詞文學，出版部門以中學生和稍有文化的讀者群體爲對象，編選了不少唐宋詞選。像龍榆生的《唐五代宋詞選》就是王雲五主編的《中學國文補充讀本》中的一種；而胡雲翼主編的《詞學小叢書》，其中像《宋名家詞選》《女性詞選》等也都是普及性的唐宋詞選本。出版部門邀約名家編選詞選，一則可以起到普及之效果，一則可以達到盈利之目的。爲教學而編的詞選則帶有「講義」性質，像吴梅的《詩餘選》是他在北京大學講授詞學時的講義，重在賞析作品與展示門徑；《詞選》則是他在東南大學授課時的講義，較之前者，《詞選》更具系統性。後來陳匪石的《宋詞舉》、汪東的《唐宋詞選》都帶有解説，和現在使用的「作品選」已相差無幾。

二

論及詞選之功能，龍榆生先生曾歸爲「便歌、傳人、開宗、尊體」四端（《選詞標準論》）。就集大成的清代詞選而言，「便歌」已不存在；「傳人」即「傳詞」，有賴文獻之保存；「開宗」與「尊體」都是發布理論之目的；此外，清代詞選多被用來作爲學詞之範本。故而我們可以從保存文獻、發布理論、詞法示範這幾個方面來看清代詞選之功能。

先看保存文獻，以編選《詞綜》爲例。朱彝尊爲編《詞綜》而廣開選源，搜佚鈎沉，「白門則借之周上舍雪客、黄徵士俞邰，京師則借之宋員外牧仲、成進士容若，吴下則借之徐太史健庵，里門則借之曹侍郎秋岳，餘則汪子晉賢購諸吴興藏書家」（《詞綜發凡》），汪森在此基礎上又有添補，共覽宋元詞集一百七十家，傳記、小説、地方志三百餘種。在此過程中，像《山中白雲詞》這樣在明代湮没不顯或僅靠抄本一綫殘存的宋人詞集得以發掘整理。雖然詞選必須以諸多詞集爲文獻支撑，但很多詞集也因編纂詞選而被發現並得到保存，這何嘗不是一種歷史的互惠？朱彝尊還在《詞綜發凡》中敘述版本、校勘字句、羅列可見書目與待訪書目。總之，《詞綜》以採摭之富、鑒别之精，爲宋詞文獻的發掘與整理奠定了良好的基礎。後來《國朝詞綜》《國朝詞綜續編》《國朝詞綜補》《詞綜補遺》等詞選都繼承了《詞綜》保存文獻之功能，收録保存了萬餘首清詞作品，在存人存詞方面厥功至偉。

再看發布理論。因爲讀者衆多，所以選本在發布理論方面具有獨特的優勢，誠如魯迅先生所云，「凡選本，往往能比所選各家的全集或選家自己的文集更流行，更有作用」，操選政者常常會將選本作爲「賴以發表和流布自己的主張的手段」（《集外集・選本》）。清代選家便是如此，像《國朝詞雅》《晴雪雅詞》直接以「雅」爲名，《自怡軒詞選》表示所選「以雅潔高妙爲主」（許寶善《自怡軒詞選序》），都有明確的理論主張。再如張惠言，他在《詞選序》中直言「意内而言外謂之詞」，又云「緣情造端，興於微言，以相感動，極命風謠里巷，男女哀樂，以道賢人君子幽約怨悱不能自言之情，低徊要眇以喻其致」，較爲系統地提出了「意内言外」的詞學主張和「低徊要眇」的審美標準。在挑選詞人作品時，他又以「比興寄托」爲標準，甄選了唐五代、兩宋四十四家詞人的一百十六首詞。這種鮮明的理論色彩成爲《詞選》的一大特徵。施蟄存先生指出：「自《花間集》以來，詞之選本多矣，然未有以思想内容爲選録標準，更未有以比興之有無爲取捨者，此張氏《詞選》之所以爲獨異也。」（《歷代詞選集敍録（六）》）「未有以思想内容爲選取標準」云云，其實是説未有以如此鮮明的詞學主張爲標準者。張惠言的苦心得到了讀者們的認同，謝章鋌所言「（張惠言）用意可謂卓絶，故多録有寄托之作，而一切誇靡淫猥者不與。學者知此，自不敢輕言詞矣」（《賭棋山莊詞話紀餘》），便是對《詞選》「寄托」理論的正面回應。

再看詞法示範。源流探本，逆溯而上，是古人指示創作門徑時常用的方法，清人編選詞選時也體現出這樣的思路。像周濟編《宋四家詞選》時將周邦彦、辛棄疾、吴文英、王沂孫列爲領袖一代的四大詞人，不僅出於顛覆浙西詞派推尊姜、張之目的，同時也是爲後學指示「問途碧山，歷夢窗、稼軒，以還清真之渾化」（《宋四家詞選目録序論》）的學詞門徑。學詞的次序與詞選的順序剛好相反，體現出的正是逆溯而上的學詞之法。這種學詞法的依據在於「南宋有門徑，有門徑故似深而轉淺；北宋無門徑，無門徑故似易而實難」（《宋四家詞選目録序論》），所以周濟以有門徑的南宋詞來入門，以無門徑的北宋周邦彦詞爲最終目標。清末蔣兆蘭説《宋四家詞選》「議論透闢，步驟井然，洵乎闇室之明燈，迷津之寶筏也」（《詞説》），是對周濟在指示詞法上的高度認可。再如張柯指出《晴雪雅詞》「評隲精當，選擇簡嚴」，實爲「初學津逮」（《晴雪雅詞序》），也是標舉詞選在示範詞法方面的功能。

選本的這些功能在清代詞學發展過程中發揮了極其重要的作用。像對詞籍文獻的發掘和對作品的選録，不僅使大量詞作得到保存與流傳，還在客觀上推進了宋詞乃至清詞的經典化進程。例如姜夔，若非朱彝尊重新發現了他的詞集並在《詞綜》裏加以最大限度的選録，又在《發凡》中將其奉爲南宋醇雅統序之「祖」，姜夔恐怕難以在清初登上經典的壇坫。而清人大量選録本朝詞人作品，有時還將自己的作品作爲典範加以收録，展現出清人對本朝創作的自信和一種自我經典化的願望。通過詞選來發布理論，更是直接推動了清代詞學的發展與詞派的建立。像朱彝尊和汪森在編选《詞綜》時，通過具體的選目與序跋，發凡來彰顯「醇雅」的詞學理論，直接引發了清初詞壇對明代詞學的反思與批判，推動了詞學理論的交鋒與更新。在此過程中，朱彝尊與沈皞日、龔翔麟、李符、李良年等浙人多有交流商討，衆人也都認同朱氏的理論主張，一個以浙人爲主體的詞派也就萼甲成型了。可見，《詞綜》的編選不僅實現了取代《草堂詩餘》的目的，而且推動了理論上的更新迭代，還在客觀上成爲建立浙西詞派的重要契機，謂之「立義標宗」，應不爲過。至於詞法示範，最直接的效果當然是有效推進了清詞的創作實踐。原本詞爲小道，鮮有門徑可言，清代詞選却多借詞選來樹立典範，開示門徑。清詞總量超過唐五代、宋、元、明詞總和的數倍以上，與詞選開示門徑大有關係。陳匪石曾言周濟《宋四家詞選》等書「指示作詞之法，並評論兩宋各家之得失，示人以入手之門及深造之道。清季王半塘爲一代宗匠，即有得於周氏之途徑者」（《聲執》卷下），可見詞選中的門徑對初學者來説有多麽重要。在開示門徑的同時，由於各家選本對最高典範的認定並不相同，也就會引發經典的重塑與統序的調整，而這正是詞學演進的具體表現。

三

據不完全統計，唐宋以來的詞選今存唐五代四種，宋代九種，金元六種，明代四十八種，清代一百九十多種，民國兩百餘種，總量達到四百六十多種。這些詞選能流傳至今，有賴自宋以來歷代的整理與刊刻。

詞籍選本的整理刊刻，宋人首啟其端，如《花間集》有北宋刊本、南宋晁謙之刻本、南宋鄂州公使庫本等。宋人編纂的詞選，今存者如黄大輿《梅苑》、曾慥《樂府雅詞》、何士信《草堂詩餘》、黄昇《花庵詞選》、趙聞禮《陽春白雪》等，都是靠宋以後的歷代刊刻而得到流傳。而鮦陽居士的《復雅歌詞》、吕鵬的《遏雲集》、楊冠卿的《群公詞選》、王柏的《雅歌》、南宋書坊選刊的《群公詩餘》等十餘種，皆已失傳，原因固不止一端，而後世未能重新整理刊刻則是最直接的原因。明清時期對傳世舊本詞籍的整理與刊刻蔚爲大觀，涉及詞選者如：吴訥輯《唐宋名賢百家詞》收選本三種；毛晉汲古閣藏詞籍選本多種，收入《詞苑英華》六種；《四庫全書》收二十種，其中存目九種。在對詞選的整理刊刻中，諸家做了大量的採輯、校勘和補遺，如毛晉父子遍訪珍秘，廣爲採輯，校其訛漏，拾遺補闕。另外，鮑廷博校勘的《樂府雅詞》三卷《拾遺》二卷、《陽春白雪》八卷《外集》一卷（與戈載合校），黄丕烈校勘的宋趙聞禮《陽春白雪》八卷《外集》一卷、金元好問《中州樂府》一卷等，皆稱精善，爲詞籍選本的校勘積累了經驗，使詞籍選本校勘漸成一門專學。

此次《清代詞籍選本珍稀版本彙刊》便是繼承前人的校勘經驗，延續對詞選的整理與出版傳統，以達到保存文獻、推進研究之目的。所謂「珍稀版本」，主要是考慮所選詞選的版本價值與詞學價值：一是清代詞籍選本中的稿本、抄本、孤本；二是清代詞籍選本中的名家評點本、批點本；三是具有重要特色、重要影響的清代詞籍選本。清代詞籍選本大多未經今人整理，有些雖然已有整理本，但出於系統性的考慮，也酌量收入。

總之，清代詞選體現了清人的詞學觀念，成爲清代詞學理論的重要載體，對文獻保存、理論發展、詞風嬗變起到了至關重要的作用。此次「彙刊」之目的，就是要通過校勘整理，將清代詞籍選本中的「珍稀本」變成廣大學人和詞學愛好者的「普見本」，以文本完備、校勘精審的文獻工作來爲清代詞史與詞學史的研究提供助力。當然，限於見聞，舛誤難免，期待廣大讀者的批評指正。

二〇二四年夏

編　者

整理凡例

一、力求展現詞選的原書面貌，對原書之編排體例、前後順序、分卷情況以及編選者與參校者、校訂者的字號、籍貫、相互關係等内容，一仍其舊，盡量不作變動。原書之序跋、題辭、評點均予保留，圈點則一般不録。

二、如果某種詞選有兩種以上版本存世，先選定底本，擇善而從，再以他本參校，但不與别集互校；若遇明顯錯誤或缺字，又無他本可校時，用别集校訂。出校原則爲：底本有誤，校本不誤，須改動底本原文者，出校語説明；底本不誤，校本有誤者，不出校；如果底本、校本兩通，而文字差異較大者，不改底本原文，只出校語説明差異；避諱字徑改爲原字，不出校。

三、關於詞調、詞題與詞序，統一爲先詞調，後詞題、詞序。如果原書詞調有誤，不改動，在校語中説明；如果詞調原失，作「失調名」，再出校語説明應作某調。

四、原書如果選入《竹枝》《柳枝》等七言歌詩或《一半兒》等散曲作品，皆予保留。

五、參照《欽定詞譜》與《詞律》進行斷句，但不拘泥於律譜，尤其是清初詞選，可斟酌句意與韻律來斷句。句意、格律皆通者，從格律；句意通而格律不合者，從句意。

六、底本殘缺無法辨識處，用空圍號「□」標注。

七、每一種詞選前面都有「整理前言」，概述編選者的字號里居、仕履交遊、詞學觀念、創作成就與主要著作，以及詞選的版本情況、編選目的、選録標準、編排體例與詞壇反響，力求反映出該詞選的基本面貌與主要特色。

目録

整理前言……一
梁溪詞選序……一

微雲堂詞 秦松齡對巖著

風流子……一
柳梢青……一
滿庭芳二調……二
青玉案二調……二
滿路花……三
河滿子……四
滿江紅二調……四
燭影搖紅……五
鷓鴣天二調……五
蝶戀花……六
菩薩蠻……六
驀山溪……七
水調歌頭……七
南鄉子……八
憶秦娥……八
沁園春……九
御街行……九
金縷曲……一〇
一斛珠……一〇
瑣窗寒……一〇
留春令……一一
一叢花……一一
臨江仙……一二
霜葉飛……一二
臺城路……一三

秋水軒詞 嚴繩孫藕漁著

浣溪沙……一四

虞美人二調……一四
小重山……一五
蝶戀花二調……一五
風入松……一六
滿江紅三調……一六
風流子……一八
減字木蘭花……一八
柳梢青……一九
踏莎行……一九
念奴嬌……一九
望海潮……二〇
意難忘……二〇
滿路花……二一
望江南二調……二一
燭影摇紅……二二
山花子……二二
百字令……二二
青玉案二調……二三
御街行……二三
金縷曲二調……二四
摸魚兒……二五
臨江仙……二五
霜葉飛……二六
南浦……二六
齊天樂……二七
水龍吟……二七

彈指詞　顧貞觀梁汾著

浣溪沙二調……二八
清平樂二調……二九
菩薩蠻……二九
沁園春……三〇
滿江紅……三〇
臨江仙……三一
鷓鴣天……三一
瀘江月……三一

青玉案……三二
如夢令……三二
風流子……三三
夜行船……三三
謁金門……三三
眼兒媚……三四
水龍吟……三四
采桑子二調……三五
念奴嬌……三五
昭君怨……三六
浪淘沙……三六
木蘭花慢……三六
金縷曲四調……三七
踏莎美人……三九
南鄉子……三九
減字木蘭花……三九
八聲甘州……四〇
摸魚兒……四〇
唐多令……四一
臺城路……四一

袖拂詞　張夏秋紹著

菩薩蠻……四二
滿庭芳二調……四二
南鄉子二調……四三
滿江紅二調……四四
行香子……四四
風流子……四五
蘇武慢……四五
浪淘沙……四六
一萼紅……四六
喜遷鶯……四六
驀山溪二調……四七
木蘭花慢……四八
采桑子二調……四八
百字令三調……四九

江城子……五〇
沁園春二調……五〇
千秋歲三調……五一
金縷曲……五二
望江南……五三
畫堂春……五三
柳梢青……五三
醉太平……五四
滿路花……五四
齊天樂……五五

織字軒詞　朱襄贊皇著

憶秦娥二調……五六
滴滴金……五七
醉落魄……五七
法駕導引……五七
菩薩蠻二調……五八
魚游春水……五八
酒泉子二調……五九
漁家傲……六〇
十六字令二調……六〇
一籮金……六一
歸自謠……六一
黃鐘樂……六一
謁金門……六二
點絳唇……六二

春水詞　華侗鏡幾著

滿江紅二調……六三
臨江仙五調……六四
意難忘……六六
天仙子……六七
醉紅妝……六七
摸魚兒二調……六七
千秋歲……六八
聲聲慢……六九

醜奴兒令……六九
楊柳枝二調……七〇
河滿子……七〇
小重山二調……七一
水調歌頭二調……七一
蘇幕遮二調……七二
小梅花……七三
沁園春……七四
金菊對芙蓉……七四
步蟾宮……七五
賀新郎……七五
眼兒媚……七六
高陽臺……七六
江城子……七七
卜算子……七七
燭影搖紅……七七
鷓鴣天……七八
唐多令……七八
鵲橋仙……七九
驀山溪……七九

香眉亭詞　鄒溶二辭著

眼兒媚……八〇
攤破浣溪沙……八〇
望江南……八一
極相思……八一
相見歡……八一
清平樂……八二
百字令……八二
滿庭芳……八二
木蘭花慢……八三
虞美人……八三
赤棗子……八三
浣溪沙……八四
采桑子……八四
摸魚子二調……八四

東仙……八五
水調歌頭……八六
貂裘换酒二調……八六
桂枝香……八七
滿江紅……八八
小重山……八八
羅敷豔歌二調……八九
南鄉子……八九
留春令……九〇
金菊對芙蓉……九〇
金縷曲二調……九一
無俗念……九二

十峰草堂詞　錢肅潤礎日著

畫堂春……九三
踏莎行……九三
小重山……九四
漁家傲……九四
滿江紅四調……九四
松風夢……九六
喜遷鶯二調……九六
念奴嬌二調……九七
百字令五調……九八
沁園春二調……一〇〇
惜餘春慢……一〇一
洞庭春色……一〇二
滿庭芳……一〇二
水調歌頭……一〇三

栖筠詞　湯熆鞠劬著

點絳唇……一〇四
臨江仙……一〇四
唐多令……一〇五
清平樂……一〇五
浣溪沙……一〇六
太常引……一〇六

浪淘沙……一〇六
菩薩蠻二調……一〇七
鷓山溪……一〇七
卜算子……一〇八
少年遊……一〇八
踏莎行二調……一〇八
玉樓春……一〇九
醉春風……一〇九
虞美人……一一〇
玉蝴蝶……一一〇
減字木蘭花……一一〇
木蘭花慢……一一一
摸魚兒……一一一
金縷曲二調……一一二
望湘人……一一三
撲蝴蝶……一一三
念奴嬌……一一四
秋夜月……一一四
蘇武慢……一一四
滿庭芳……一一五
風流子……一一五

澹雪詞　顧岱止庵著

望江南二調……一一六
六幺令……一一七
百字令三調……一一七
臨江仙……一一八
洞庭春色……一一九
滿江紅四調……一一九
天香……一二一
金縷曲……一二一
沁園春……一二二
滿庭芳……一二二
疏影……一二三
漁家傲……一二三
東風第一枝……一二四

謝池春……一二四
燭影摇紅二調……一二四
風入松……一二五
洞仙歌……一二六
應天樂……一二六

漫遊詞　唐艺燕鎬著

漁家傲十二調……一二七
踏莎行二調……一三一
轉應曲……一三二
浪淘沙……一三二
如夢令……一三二
菩薩蠻……一三三
臨江仙……一三三
桂枝香……一三四
浣溪沙……一三四
月中行……一三四
南柯子……一三五
惜秋華……一三五
三字令……一三五

鶴閒詞　侯文燿夏若著

調笑令……一三六
望江怨……一三六
天仙子……一三六
西溪子三調……一三七
點絳唇……一三八
浣溪沙……一三八
誤佳期二調……一三九
相思兒令……一三九
雨中花……一四〇
踏莎行……一四〇
一翦梅……一四一
風中柳……一四一
行香子……一四二
連理枝……一四二

月上海棠……一四三
滿江紅四調……一四三
倦尋芳……一四五
百字令二調……一四六
望海潮……一四七
沁園春四調……一四七
金縷曲三調……一四九
賀新涼……一五一
瀘江月……一五二

附　丁丑川遊紀程詞摘　侯文燿夏若著

巫山十二峰詞

醉花陰……一五四
虞美人影……一五四
陽臺夢……一五四
後庭宴……一五五
太平時……一五五
漁父家風……一五六
剔銀燈……一五六
醉紅妝……一五六
長相思……一五七
三字令……一五七
荆州亭……一五七
巫山一段雲……一五八

中秋倡和詞　侯文燿、黄稼、張鳳池等

賀新涼……一五九

問石詞　鄒祥蘭胎仙著

浣溪沙二調……一七五
點絳唇二調……一七六
踏莎美人……一七七
南鄉子……一七七
菩薩蠻二調……一七七
風馬兒……一七八
水龍吟二調……一七八

蘇幕遮……一七九
滿江紅……一八〇
沁園春三調……一八〇
百字令二調……一八二
金縷曲二調……一八三

語花詞　華長發商原著

南柯子……一八四
憶江南四調……一八四
江神子……一八五
羅敷媚……一八六
浪淘沙……一八六
唐多令……一八六
酷相思……一八七
南鄉子……一八七
沁園春二調……一八七
浣溪沙……一八八
鷓鴣天二調……一八九
江城子……一八九
傳言玉女……一九〇
滿江紅三調……一九〇
百字令……一九一
金明池……一九二
釵頭鳳……一九二

香葉詞　張振雲企著

浣溪沙三調……一九三
長相思二調……一九四
赤棗子……一九四
卜算子……一九五
菩薩蠻二調……一九五
傳言玉女二調……一九六
摸魚兒……一九七
夜行船……一九八
虞美人……一九八
小重山……一九八

燭影搖紅 …… 一九九
滿江紅 …… 一九九
沁園春 …… 二〇〇
阮郎歸 …… 二〇〇
畫堂春 …… 二〇一
望湘人 …… 二〇一
浪淘沙 …… 二〇二
南歌子 …… 二〇二
天仙子 …… 二〇三
愁倚欄令二調 …… 二〇三

我靜軒詞　王仁灝遹林著

滿江紅 …… 二〇五
鷓鴣天 …… 二〇五
點絳唇 …… 二〇六
鳳棲梧 …… 二〇六
百字令三調 …… 二〇六
竹枝四調 …… 二〇七

浣花詞　杜詔紫綸著

憶王孫 …… 二一〇
臨江仙 …… 二一〇
金縷曲五調 …… 二一一
江神子 …… 二一一
風流子 …… 二一二
點絳唇二調 …… 二一二
滿江紅 …… 二一二
綺羅香 …… 二一三
沙塞子 …… 二一三
南鄉子 …… 二一四
相見歡 …… 二一四
眼兒媚 …… 二一四
百字令 …… 二一五
踏莎美人 …… 二一五
洞庭春色 …… 二一五
望海潮 …… 二一六

步虚詞……二一六
滿庭芳……二一七
黄金縷……二一七
雨中花……二一七
青玉案……二一八
南歌子……二一八
沁園春……二一八
金縷曲四調……二一九
醉花陰……二二一
點絳唇……二二一
菩薩蠻……二二一
喜遷鶯……二二二
水調歌頭……二二二
木蘭花慢……二二三
憶舊遊……二二三
一翦梅……二二四
酷相思……二二四
疏簾淡月……二二四
壺中天慢……二二五
大酺……二二五
更漏子……二二六
望江南……二二六
浣溪沙……二二六

轉蓬詞　馬學調玉坡著

菩薩蠻……二二七
浪淘沙……二二七
虞美人……二二八
蝶戀花二調……二二八
天仙子……二二九
風入松……二二九
東風齊著力……二二九
滿江紅……二三〇
滿庭芳五調……二三〇
水調歌頭……二三二
鳳凰臺上憶吹簫……二三三

玉蝴蝶……二三三
金菊對芙蓉……二三三
百字令……二三四
念奴嬌……二三四
喜遷鶯二調……二三五
木蘭花慢二調……二三五
望海潮……二三六

泥絮詞　釋宏倫敍彝著

卜算子……二三七
清平樂……二三七
河瀆神……二三八
一斛珠……二三八
滿江紅……二三八
南柯子……二三九
明月斜……二三九
憶江南……二三九
南歌子……二四〇
減字木蘭花二調……二四〇
七娘子……二四一
搗練子……二四一
沁園春二調……二四一
相見歡……二四二
訴衷情近……二四三
虞美人三調……二四三
楊柳枝八調……二四四
賀新郎三調……二四六
摘得新……二四八
一絡索二調……二四八
鷓鴣天三調……二四九
鴨頭緑……二五〇
漁家傲……二五〇
南樓令……二五一
羅敷媚……二五一
摸魚兒……二五一
城頭月……二五二

八犯玉交枝……二五二

惜軒詞　侯晰桑辰著

長相思二調……二五三
浣溪沙二調……二五四
柳梢青……二五四
金縷曲……二五五
臨江仙……二五五
行香子……二五六
采桑子二調……二五六
滿庭芳二調……二五七
南歌子……二五八
踏莎行……二五八
菩薩蠻……二五八
南鄉子二調……二五九
誤佳期……二五九
浪淘沙……二六〇
蘇幕遮……二六〇
虞美人……二六〇
卜算子……二六一
雙調南歌子……二六一
少年遊……二六一
閒中好……二六二
踏莎美人……二六二
鳳頭釵……二六三

迴雪詞　侯文燈伊傳著

醉花間……二六四
江城子……二六四
青玉案……二六五
凌波曲二調……二六五
清平樂……二六六
西溪子……二六六
蘇幕遮……二六六

行香子……二六七
薄倖……二六七
玉連環……二六八
浣溪沙三調……二六八
鶴沖天……二六九
玉樓春……二六九
賀新涼二調……二七〇
山花子……二七一
珍珠簾……二七一
解連環……二七一
芭蕉雨……二七二
風光好……二七二
蝶戀花……二七三
長相思……二七三
一翦梅……二七三
碧雲深……二七四
沁園春二調……二七四
如夢令……二七五
醉蓬萊……二七五
二郎神……二七六
望江南二調……二七六
一斛珠……二七七
喜團圓……二七七
減字木蘭花……二七七
撥棹子……二七八
謁金門……二七八
秋波媚……二七八
海棠春……二七九
小重山二調……二七九

棲香閣詞

顧貞立文婉著

浣溪沙……二八〇
菩薩蠻……二八〇
減字木蘭花……二八一

浪淘沙……二八一
鵲橋仙……二八一
滿江紅五調……二八二
玉蝴蝶……二八四
行香子……二八五
百字令二調……二八五
東風第一枝……二八六
望湘人……二八七
踏莎美人……二八七
洞庭春色……二八七
水調歌頭二調……二八八
金縷曲……二八九
柳梢青……二八九
如夢令……二九〇
滿庭芳二調……二九〇
南鄉子二調……二九一
望海潮……二九二

菰月詞

華文炳象五著

臨江仙二調……二九三
摸魚兒……二九四
徵招……二九四
憶王孫……二九五
月華清……二九五
菩薩蠻二調……二九五
金縷曲三調……二九六
采桑子……二九八
渡江雲……二九八
十六字令……二九九
望江南二調……二九九
減字木蘭花……三〇〇
沁園春……三〇〇
玉樓春……三〇一
梅子黄時雨……三〇一

鷓鴣天……三〇一
龍山會……三〇二
西江月……三〇二

鶴邊詞 顧彩天石著

南鄉子……三〇三
如夢令二調……三〇三
醜奴兒令二調……三〇四
惜分飛……三〇四
浪淘沙……三〇五
柳梢青二調……三〇五
浪淘沙慢……三〇六
相見歡……三〇六
惜分釵……三〇七
鷓鴣天……三〇七
摸魚兒……三〇七
鶴沖天……三〇八
眼兒媚……三〇八
鵲橋仙……三〇九
疏影……三〇九
小重山……三一〇
南柯子……三一〇
浣溪沙……三一〇
洞仙歌……三一一
虞美人……三一一
蘇武慢……三一二
山亭柳……三一二
賀新涼……三一三

容與詞 蔡燦漢明著

西江月……三一四
臨江仙……三一四
甘州子……三一五
憶秦娥……三一五

清平樂……三一五
搗練子二調……三一六
人月圓……三一六
南鄉子……三一七
滿江紅二調……三一七
卜算子二調……三一八
踏莎行……三一八
醉花陰二調……三一九
添字浣溪沙……三一九
菩薩蠻……三二〇
減字木蘭花……三二〇
蝶戀花二調……三二一
虞美人三調……三二一
鷓鴣天五調……三二二
浪淘沙……三二四
梁溪詞選跋……三二五

整理前言

梁溪，源出惠山，北接運河，南入太湖，是無錫市内的重要水系，故又成爲無錫之别稱。明清兩代，梁溪地區不僅田疇豐腴、經濟繁榮，而且文化發達、人文鬱蒸，尤其是秦、顧、華、侯等著姓望族，更是人才輩出，數代不絶。以詞論之，顧貞觀、顧貞立、顧岱、顧彩、秦松齡、侯晰、侯文燦等人，皆是清初江南詞壇的重要詞人。他們依託於地域、家族、婚婭等關係，相互唱和，跌蕩文酒，構成了一個不容忽視的梁溪詞人群體。其中，侯氏詞人雖不以詞藝奪冠，却以對詞集文獻的掇拾之功光耀詞史，《梁溪詞選》便是他們搜集刊刻的詞徵要籍之一。

《梁溪詞選》的編刻者侯晰（一六五四—一七二〇），字粲辰，號惜軒。附監生，考授州佐。性瀟灑絶俗，惟以筆墨自娱。工隸篆，善畫山水。詩不喜雕琢，工詞。著有《惜軒詩詞鈔》四卷。《梁溪詩鈔》與《江蘇詩徵》均收其詩。

關於《梁溪詞選》的編纂目的、選詞風格等問題，侯晰在序言中云：「名流霞蔚，吾鄉夙號才區；英彦雲興，此日復多佳士。……惟恐散絶廣陵，半付丙丁之劫；更思曲高郢水，誰爲甲乙之藏？爰採諸家，彙成全集。披兹麗製，宛如崇愷之競賽珊瑚；覽彼芳吟，何異秦虢之爭誇金翠。妍思若周柳，堪倚侍女玉簫；雄唱比辛蘇，絶稱將軍鐵板。錦堂茆舍，儘可兼收；

紅袖緇袍，無妨並見。」可知侯晰唯恐家鄉詞人的作品或毀於火災，或無人收藏，導致散絶，故而編刻了這部鄉邑詞選。這也決定了《梁溪詞選》以詞人爲中心的編纂體例和兼容並收的選詞風格。綜合四種版本的《梁溪詞選》，共計收録了二十五家梁溪詞人，多則一人數十闋，少則一人十餘闋，保存文獻之功不在侯文燦所編《亦園詞選》之下，並可與之成爲互補。所選作品則是妍思與雄唱兼存，婉約與豪放並見，並非一味鼓吹綺靡香豔之風。此外，侯晰對自度曲也持開放態度，所謂「偶調絲竹，譜瓌思於新腔」者（《梁溪詞選序》），即指書中收有顧貞觀、錢肅潤、杜詔、顧貞立諸人所作《踏莎美人》《瀘江月》《松風夢》等自度曲作品。

《梁溪詞選》的版本較爲複雜，目前可見主要有四種：康熙間醉書闗刻二十一卷本、康熙間醉書闗刻八卷本、雲輪閣鈔十九卷本、清鈔十九卷本。此次整理，搜全了四種版本，簡述如下：

浙江圖書館所藏康熙間醉書闗刻二十一卷本是四種版本中卷數最多的。扉頁刻「梁溪詞選」，右上題「侯粲辰手輯」，左下題「醉書闗藏版」。無序跋。半頁九行，行二十字，小字雙行，左右雙邊，花口，單黑魚尾，版心上端象鼻鎸「梁溪詞選」，下端鎸「醉書闗藏稿」，中間刻相關詞集名之簡稱及頁碼。此本收録秦松齡、嚴繩孫、顧貞觀、張夏、朱襄、華侗、鄒溶、錢肅潤、湯焴、顧岱、唐芑、侯文燿、鄒祥蘭、華長發、張振、王仁灝、杜詔、馬學調、釋宏倫、侯晰二十位梁溪詞人之專集，人各一卷。侯文燿《鶴閒詞》後附有其與黄稼、張鳳池、秦瀾等人的《中秋倡和詞》一卷，此卷版式異於他卷，版心無「梁溪詞選」及「醉書闢藏稿」，惟刻「月詞」與頁碼。

上海圖書館所藏康熙間醉書闢刻八卷本，版式行款與二十一卷本同，無扉頁，書中鈐有「積學齋徐乃昌藏書」印。收録華侗、鄒溶、鄒祥蘭、侯晰、侯文燿、侯文燈、顧貞立七位梁溪詞人之專集，侯文燿《鶴閒詞》後附有《丁丑川遊紀程詞摘》一卷，而無《中秋倡和詞》。其中侯文燈的《迴雪詞》與顧貞立的《棲香閣詞》爲二十一卷本所未收。

上海圖書館所藏雲輪閣鈔十九卷本，有格，半頁十二行，行二十二字，小字雙行，頁心題「雲輪閣鈔」。卷首有康熙元年（一六六二）侯晰序，文字有闕失；卷末附民國二十七年（一九三八）潘承弼跋文一則。跋文謂此本乃繆荃孫手自勘定，觀書前果有「荃孫手斠」章，書中鈐有「荃孫」姓名章。此本收録秦松齡、顧貞觀、嚴繩孫、杜詔、鄒溶、華侗、顧岱、朱襄、華文炳、湯焴、張振、釋宏倫、鄒祥蘭、顧彩、蔡燦、侯晰、侯文燿、顧貞立十八位梁溪詞人之專集，侯文燿《鶴閒詞》後附有《丁丑川遊紀程詞摘》一卷。其中華文炳的《菰月詞》（或曰《菰川詞》）、顧彩的《鶴邊詞》與蔡燦的《容與詞》爲康熙刻本所未收。又，此本杜詔《浣花詞》前有顧貞觀序文，亦爲醉書闢二十一卷本所無。

上海圖書館所藏清鈔十九卷本，無格，半頁十行，行二十五字，小字雙行，封面有「玉鑑堂藏書」標識。書前題識云：「鄉人某氏，寒儒也。嗜書如命，苦於無資，所見數百種，大半向故家巧取而來，庋藏至密，不輕示人。病故後，盡爲其遺妾易米。余購數十種，此其一也。甲申閏四月玉鑑堂主人偶題。」此本收録秦松齡、顧貞觀、嚴繩孫、杜詔、鄒溶、華侗、顧岱、朱襄、華文炳、侯文燿、侯晰、蔡燦、顧彩、鄒祥蘭、釋宏倫、張振、湯焴、顧貞立十八位梁溪詞人之專集與《丁丑川遊紀程詞摘》一卷，詞人排序較雲輪閣鈔本有些調整，但所收詞人相同，只是《丁丑川遊紀程詞摘》一卷並未緊隨侯文燿的《鶴閒詞》，而是被置於湯焴的《栖筠詞》後。

此次整理，以康熙間醉書關刻二十一卷《梁溪詞選》爲底本，此本卷數最多，却流傳不廣，難得一見，致使潘承弼以爲「此書世無刻本」（《梁溪詞選跋》）。再據醉書關八卷本、雲輪閣鈔本、清鈔本進行輯補，遂得一完整的本子，共計有二十五家詞集與《中秋倡和詞》一卷，另附《丁丑川遊紀程詞摘》一卷，具體順序如下：

秦松齡《微雲堂詞》，嚴繩孫《秋水軒詞》，顧貞觀《彈指詞》，張夏《袖拂詞》，朱襄《織字軒詞》，華侗《春水詞》，鄒溶《香眉亭詞》，錢肅潤《十峰草堂詞》，湯焴《栖筠詞》，顧岱《澹雪詞》，唐芑《漫遊詞》，侯文燿《鶴閒詞》（附《丁丑川遊紀程詞摘》），侯文燿、黄稼、張鳳池等《中秋倡和詞》，鄒祥蘭《問石詞》，華長發《語花詞》，張振《香葉詞》，王仁灝《我静軒詞》，杜詔《浣花詞》，馬學調《轉蓬詞》，釋宏倫《泥絮詞》，侯晰《惜軒詞》，侯文燈《迴雪詞》，顧貞立《棲香閣詞》，華文炳《菰月詞》，顧彩《鶴邊詞》，蔡燦《容與詞》。

以醉書關八卷本、雲輪閣鈔本、清鈔本與醉書關二十一卷本互校時，原則上不改底本原文，只出校語説明差異。關於斷句，總體上參照《欽定詞譜》與《詞律》來點斷；考慮到清初填詞的特殊性，有些詞作是斟酌句意與韻律來進行斷句。

雖然學界對梁溪詞人群體多有研究，於《梁溪詞選》也有專文探討，但一直未有整理本面世。多年前本人就有將其整理出版的想法，得到了張宏生師的支持；但苦於版本一直未能收全，整理工作也就時斷時續。二〇一九年春，無錫文史學者趙承中先生將其所藏康熙間醉書關刻二十一卷本的電子版慨然相贈，整理工作獲得重要推進。二〇二一年冬，沙先一師兄正式啟動《清代詞籍選本珍稀版本彙刊》出版工程，《梁溪詞選》與《亦園詞選》順利入選。因緣聚合，終使《梁溪詞選》得到整理出版，也實現了本人一直以來想爲家鄉文化建設略盡薄力之願望。在此向各位給予過幫助的師友謹致謝忱。

壬寅夏，曹明升於梁溪蓮蓉園

梁溪詞選序〔一〕

侯晰

龍山蒼翠，好鳥棲雲；慧水泓澄，文鱗唼荇。惟境開乎秀異〔二〕，遂代産乎人文，即數倚聲，亦多傑作。孤村流水，競傳淮海之詞；一壑松風，爭和雲林之調。名流霞蔚，吾鄉夙號才區；英彦雲興，此日復多佳士。爾乃賦梅稱旨，結軫於彭墀；望月思君，迴槎於桑梓。雖以寇萊鐵膽，不斷柔情；即云韓魏冰心，偏多別淚。至若巖廊俊侶，山澤隱君，每辨宫商，發清言於皓齒；偶調絲竹，譜瓌思於新腔〔三〕。朱鬣停驂，題留雕管；紅牙按板，巧囀鶯簧〔四〕。筆蘸露以噓塵，思湧泉而鏤卉。過煙村水驛，恒多眺遠之吟；覩山榛隰苓，大有懷人之曲。他如翠鴛堂上，朱鳥窗前，茗熟裁書，徐淑信裙釵學士；妝成弄墨，繁欽洵閫内才人。樹娘子之軍，黄花比瘦；奪詞人之席，羅韈行輕。在玫瑰櫺中，魚網填《金荃》之句；若蓮花社裏，鼠鬚寫紅豆之聲。閒有禪玄，亦耽唱詠，莫不添泉坐石，擷藻摛華。然而豹見一斑，難窺全體；狐雖千腋，未可成裘。惟恐散絶廣陵，半付丙丁之刧；更思曲高郢水，誰爲甲乙之藏？爰採諸家，彙成全集，披兹麗製，宛如崇愷之競賽珊瑚；覽彼芳吟，何異秦虢之爭誇金翠。妍思若周柳，堪倚侍女玉簫；雄唱比辛蘇，絶稱將軍鐵板。錦堂茆舍，儘可兼收；紅袖緇袍，無妨並見。洪纖齊列，敢云碧眼胡之識珠；驪驥雜陳，尚俟九方歅之相馬。康熙歲次壬申三月上浣，侯晰粲辰氏識於醉書閣〔五〕。

【校】

〔一〕醉書閣刻本卷首無序，此據清鈔十九卷本卷首之序補，參校雲輪閣鈔十九卷本之序。

〔二〕「乎」，雲輪閣鈔本作「夫」。

〔三〕清鈔本、雲輪閣鈔本此句皆有闕文：「至□□□俊侶，山澤隱君，每辨宮商，發清言於□□；□□□□，譜瓌思於新腔。」據民國八年刻本《錫山東里侯氏宗譜》卷十《梁溪十八家詞選序》補。

〔四〕清鈔本、雲輪閣鈔本此句皆有闕文：「朱鬣停驂，題留雕□；□□□□，□□鶯簧。」據《錫山東里侯氏宗譜》卷十《梁溪十八家詞選序》補。

〔五〕「閣」，雲輪閣鈔本作「闕」。

微雲堂詞

秦松齡對巖著　侯晰粲辰輯　侄文燿夏若訂

風流子　惜別

幾年成夢想，無端處、喜得見嬌嬈。自玳瑁筵開，乍邀一笑，芙蓉帳暖，共話連宵。當此際、藏鈎移玉腕，按曲和鸞簫。晝燭珠簾，未醒宿酒，淡煙疏雨，忍過楓橋。風塵摇落客，歸期今已迫，雲散香飄。無數别離情事，何處能消。只錦帶新歡，難忘昨日，梅花密約，記取今朝。此後椒盤春酒，索向無聊。

柳梢青　即事

小艇横斜。故園輕别，未是天涯。秋雨殘燈，秋心殘酒，秋色殘花。　博山香裊窗紗。夢斷也、西陵路賒。天外行雲，水邊歸鳥，煙底浮家。

滿庭芳　詠佛手柑，爲袁重其攜贈索題

名借西方，種生南國，偏宜人靜秋清。小窗偷貯，相映緑瓷明。却是道家妝束，香透處、經案雲屏。深閨裏，箇人閒倚，抛擲亂銀笙。　持將供大士，現前金粟，初卸珠瓔。更徵心掌豎，微笑拈輕。曾向靈山受記，如今見、魂夢都醒。攜歸去，墨描絲繡，身在法王城。

前調　舟中對菊

草草三秋，故園千里，菊花雙眼誰經。溪頭閒步，殘徑見芳英。倚檻紅深白淺，分明記、西子嘉名。攜歸也，紗窗棐几，汲水貯銅缾。　夜寒停棹處，潯陽九派，一派秋聲。正孤懷無伴，喚汝傾城。陶令籬邊舊事，淒涼甚、碧草何情。沉吟久，疏枝欲動，落月照簾旌。

青玉案　桂樹，傳是賈秋壑故物

清秋愛踏西陵路。又細雨、催人去。流水横塘香暗度。桂花開也，且留人住。時節當三五。

荒涼院落誰爲主。傳是半閒堂下樹。花謝花開經幾許。斷煙衰草，斜陽門户。風月平章處。

前調　雁字

極天關塞匆匆至。正墨點、寒雲意。翠袖高樓凝望裏。銀鈎斜挂，寶釵横折，錯認相思字。　爲誰催促行無次。寫出湘娥斑竹淚。過盡衡陽渾不記。雨昏青壁，風吹緑篆，影落空江水〔一〕。

【校】

〔一〕「空」，清鈔本作「西」。

滿路花　冬日從聽公問禪

鳳樓落日黄，鴛瓦飄殘雪。支公禪榻畔、茶煙歇。真源頻叩，意識先須絶。法塵何間隔。直恁凡夫，乃圖作佛時節。　鉗椎堪否，一棒一條血。分明有路去、難相接。精靈何在，到此言詞拙。虚空熾然説。光明眼裏，怎教着點金屑。

河滿子　春日山居

病裏鶯花似夢，閒中詩卷消愁。乍啟柴關春正好，更添翠袖來遊。瘦影赤欄橋外，芳心紅杏枝頭。　莫管箇人憔悴，自看兩鬢都秋。詩酒尚堪驅使在，天公儘與風流。暇日尋僧別院，放他春色南樓。

滿江紅　金山别吴伯成明府

數點江山，凭弔裏、許多陳跡。扁舟共、離情無限，西風蕭瑟。碧浪千層雷雨動，嶙峋一柱東南出。讀殘碑、痛飲妙高臺，真豪逸。　十載意，同膠漆。車笠願，何時畢。各驅馳王事，與君相失。慷慨臨行胡足戀，蒼茫後會應難必。得重來、攜手上金焦，昇平日。

前調　黄鶴樓

夏口城頭，金湯固、高樓百尺。念舊日、孫郎設險，氣吞勍敵[一]。江漢當窗憑指顧，煙雲滿地堪傳檄。問英雄、寂寞是何年，餘巾幗。　青壁上，司勳筆。黄蘆外，漁樵席。正白雲一去，寒空無跡。世上夢酣渾未醒，亭中棗熟何時摘。聽秋風鶴唳杳江天，仙人笛。

【校】

〔一〕「勍」，清鈔本作「勁」。

燭影摇紅

江行舟中，見雁南飛，甚急，當不知湖湘間鋒鏑縱横也，因作是詞。

朔雁纔來，秋風細雨低飛急。幾回斜影掠孤舟，似與人相識。我本江南倦客。向瀟湘、附伊健翮。黄陵廟裏，青草湖邊，雲山非昔。　我往從征，書生漫捧中朝檄。天涯爾去却無端，不怕烽煙迫。誰處月明蘆荻。看沙上、卧槍沉戟。何須更到，回雁峰頭，早歸始得。

鷓鴣天

讀少陵詩有感

無恙江流日向東。當年戰伐已成空。蕭蕭草木三秋雨，落落乾坤萬里風。　持破卷，聽疏鐘。少陵詩句恨偏同。誰將一點孤臣淚，灑入長煙急浪中。

其二

一舸沙汀盡日横。相逢只道看山行。人從白鷺飛邊宿，雲向青峰斷處生。　秋笛怨，晚燈清。紛紛都作故鄉情。金戈鐵馬今何處，回首長江匹練明。

蝶戀花　泊潯陽

倚棹琵琶亭下住。司馬當時，聽曲傷心處。楓葉蘆花秋已暮。青山又送斜陽去。　淪落天涯詞客淚。我泛孤舟，別到淒涼地。吏隱須知風月趣。文章也得江山助。

菩薩蠻

楓林簇簇山如織。秋雲澹澹秋光碧。曉色仲謀祠。神鴉飛過時。　江聲終不定〔一〕。昔據東南勝。千古説英雄。三分一夢中。

【校】

〔一〕「江聲」，清鈔本作「江山」。

驀山溪　過黄州

一帆寒日，斜映黄州過。隱几夢坡仙，望長空、臨皋獨坐。文章氣節，百倍不如公，出禁苑，對江山，有甚蹉跎我。　雪堂詩卷，絶唱誰能和。明月與清風，惱天公、不教深鎖。典衣沽酒，痛飲柁樓邊，招明月，問清風，略似前人麽。

水調歌頭

千里江流碧，山色四圍晴。快哉亭上，臨風嘯傲古人情。縹緲行看黄鵠，突兀才過赤壁，把酒酹山靈。白雲輕一抹，又露佛頭青。　楚天秋，吴闕夢，醉還醒。七十二峰何處，風月一般清。無恙鱖魚流水，羨殺緑簑江上，榮辱總無驚。取次推篷望，粉本趙吴興。

南鄉子

離恨幾時生。靜掩窗紗話短檠〔一〕。不識箇人今去處，雲屏。指點瀟湘此路行。　何物易傷情。叫徹寒空雁一聲。夜永畫樓頻徙倚，銀笙。暖炙新簧調不成。

【校】

〔一〕「窗紗」，清鈔本作「紗窗」。

憶秦娥

雨泊仙桃鎮，聞岸上琴聲甚清，詢之，乃破簷中一老生也。

西風切。雁聲淒斷重傷別。重傷別。水村孤櫂，雨絲殘葉。　天池雅調删繁節。亂離時候誰人說。誰人說〔一〕。朱絃暗響，茅堂清絶。

【校】

〔一〕前後兩個「説」字，清鈔本均作「識」。

沁園春　檢蓀友夏日所寄書，有感而作

何地傷心，落木孤城，篷窗夜燈。有知己倦游，初歸帝里，懷人詩句，昨寄江陵。躍馬無長，籌兵少策，意氣平生消未曾。君知否，漸鏡添白髮，淚濕青綾。「平生意氣」「青綾舊事」，皆蓀友《見懷》詩中語也。文章造物偏憎。正楚客當秋百感增。況四境未寧，時傳烽火，一官不換，依舊寒冰。故國雲迷，良朋夢杳，王粲樓高懶去登。難忘處，是草堂對榻，山寺扶藤。

御街行　中秋

鳳城一霎過秋雨。明月林間吐。誰陳瓜果拜嬋娟，翠黛燕姬十五。金波欲動，畫樓人倚，天上瓊簫度。　桂花風裏傳歌舞。愁望江南暮。琵琶三度醉中秋，那記青烽湘浦。帝里重來，故人不見，清景還如許。

金縷曲　和容若韻，簡西溟，時西溟寓千佛寺

失意空悲咽。只新來、棲遲梵舍，試談白業。居士現身菩薩果，莫是牢籠豪傑。聽幾箇、貧簹夜折。彈絶朱絃休再續，笑荒唐、西海青鸞血。禪榻上，曉鐘徹。　一龕佛火銷炎熱。更閒翻、琅函萬卷，止啼黄葉。浪把空虚分兩橛，栩栩莊生蝴蝶。看荏苒、年華如客。學道苦遲婚宦誤，錯回頭、第二天邊月。我與爾，鬢成雪。

一斛珠　鷹

蒼茫天地。横翻紫塞寒無際。霜毛雨灑鵰雛碎。竹兔杉雞，何處相迴避。　華屋錦韝身若寄。受人覊絆隨人意。清秋玉粒非容易。百戰歸來，懶上將軍臂。

瑣窗寒〔一〕

料峭西風，箇人獨自，下簾庭院。鏡裹眉山，約略寒深寒淺。問淒涼心情可宜，近來擔閣閒針

線。愛長宵久坐，繡窗微透，一絲煙篆。　莫怨韶華變。只一片霜華，清光堪剪。賣珠人去，剩有筆牀詩卷。還猜他、翠袖熏籠，温馨宿火心字展。待相逢、月轉闌干，秋水芙蓉面。

【校】

〔一〕清鈔本、雲輪閣鈔本詞題作「有懷」。

留春令　感舊

從前都錯，不知甚物，催人便老。夢裏雲煙醉中花，總領略、粗疏了。　哀樂中年何足道。似雪泥鴻爪。抛却心頭又依然，待分付、霜鐘早。

一叢花　並蒂蓮

鬧紅深處舞霓裳。只是愛雙雙。夜來鉛露清于水，看分滴、一樣芬芳。疏柳池邊，翠禽飛上，眠穩定誰傍。　開時非復舊蒼涼。越女認横塘。赤闌橋畔鶯歌發，數花影、遮了鴛鴦。采到秋風，憐他團扇，幽恨在羅窗。

臨江仙　寒柳

向日風流今記否，寒鴉宿處分明。一灣殘照太無情。照他憔悴了，依舊下高城。　行處尚疑攀折盡，西風客路魂驚。樓頭翠管已無聲。紫騮渾不顧，嘶過玉河冰。

霜葉飛　村居

巖棲幽築。漁樵伴，小橋轉過溪曲。疏疏落落幾重茅，碧樹多於屋。有呼雨呼晴布穀。桑雲柳浪苔痕蹙。看筍笠簑衣，隔水自扶犂，飛上半身新緑。　籬外低見南山，横遮渡口，翠黛煙晚如沐。荻牙菜甲鱸魚美〔一〕，濁酒清廚足。又雞犬、春場一簇。養蠶天氣蠶初熟。便家家、閒燈火，兒女婆娑，影分窗竹。

【校】

〔一〕「荻牙」，清鈔本作「荻芽」。

臺城路　遼后洗妝臺

瓊樓天上寒如許。不堪陳跡重數。禁柳拖黄，芳池迴碧，中有妝臺舊處。憑誰弔古。早煙冷玉虹，草迷金露。二亭名。想像當年，水晶簾捲報亭午。　問君何事多感，只銷沉粉澤，幾度風雨。結綺臨春，南朝花月，轉眼千年黄土。憐伊如故。又緑樹斜陽，宫鴉飛去。塔寺無端，聲聲朝暮鼓。

秋水軒詞

嚴繩孫藕漁著　侯晰粲辰輯　杜詔紫綸訂

浣溪沙

瘦損腰肢不奈愁。扇欹燈背晚庭幽。不如眠去夢温柔。昨夜涼風生玉砌〔一〕，舊時明月在蘭舟。一生消受幾回眸。

【校】

〔一〕「生」，清鈔本作「坐」。

虞美人

月華幾夕清如洗。征帆只是悠悠去。去也知何處。淚痕休漬別時衣。彈與煙鴻猶得、向南飛。料得卿歸矣。暗愁如霧又黄昏。有箇盈盈相並、説遊人。

前調

韶光總被風吹去。又是清明雨。雨餘騎馬覓殘春。剩折一枝紅豔、襯梨雲。　屏山曲護檀霞重。何處江南夢。起來燒燭看仍稀。剪取生綃和淚、畫崔徽。

小重山　桂

一夜檀心怨廣寒。西風吹不盡、小窗間。漢宮黄額畫來難。珠簾卷、惆悵夕陽山。　可記曉妝殘。有人親插與、鬢雲彎。露華依舊濕闌干。何曾是、寂寞淚珠彈。

蝶戀花

青鎖簾前人惜別。未許牽衣，較比牽衣切。一曲陽關初唱徹。相看本是明明月。　宛轉征衣金粟尺。心字香温，纖手流蘇結。夢裏綵雲留不得。西風吹過黄花節。

前調　重過南陽湖

依舊荷香三十里。比似年時，無復殘紅矣。不恨紅芳不相俟。恨他零落秋如此。　鷺外遥山鷗外水。水上斜陽，染出千峰紫。脈脈秋心勾引起。一行白雁天邊字。

風入松

星移帆影月移沙。秋思誰家。别時不敢分明語，蹙春山、暗損韶華。又是中秋時候，西風幾陣歸鴉。　相思難遣夢交加。水闊山斜。尊前常恨天涯遠，況如今、真箇天涯。更道從來應未，待伊歸向窗紗。

滿江紅　競渡

生老樊川，水嬉不盡當年興。問十里湖光，何處畫橈相並。金管風多聽又失，珠簾雨細看難定。算陳思、着眼不曾多，驚鴻影。　凭舷意，應誰省。抛醉纈，朱榴映。儘繁華都付，藕絲風領。

一簇愁紅空極浦，半湖柔緑浮歸艇。正高樓、人在柳陰中，煙光暝。

前調

別袂偷分，盼不到、片帆香陌。正雨過、亂紅飛盡，水雲凝碧。楊柳漫牽歌意緒，苧蘿多少愁踪跡。怕羈心、重對舊亭臺，傷今昔。　花影晝，蟾陰夕。重執手，何時得。奈渚蒲檣燕，助人行色。縱是夢來應有恨，情知留得元無益。算人生、雙鬢幾時青，成抛擲。

前調

一霎燈前，早硬却、心兒別了。幸道是、頻年浪跡，慣曾草草。恰喜病隨殘月減〔一〕，可知夢與秋風杳。只迴廊、才轉是天涯，漁陽道。　偷彈淚，燈花小。親煮藥，爐煙曉〔二〕。儘一番愁悴〔三〕，又添離抱。別後戾㢊炊却盡，客中魚素愁難料。竟何如、雙影玉蘭堂，相看老。

【校】

〔一〕「隨」，清鈔本作「從」。

〔二〕「曉」，清鈔本作「繞」。
〔三〕「愁悴」，清鈔本作「憔悴」。

風流子　和友

荀郎多恨後，魂銷盡、依約見傾城。正梅粉乍舒，舊家門巷，柳絲斜亸，别樣才情。更幾度、玉釵寒撥火，銀甲夜調箏。斗帳珠瑩，檀心偷展，鳳燈香炧，花睡難成。　無端歸去也，人何處、夢裏應喚卿卿。空記鵝兒酒暖，杏子衫青。怕油壁西陵，雨僝風僽，美人南浦，緑怨紅驚。爲待蘭舟催發，重聽流鶯。

減字木蘭花　燈雨

華燈影裏。才飲香醪吾醉矣。試問梅花。春在紅橋第幾家。　暗塵何處。欲説心情都不是。目斷驚鴻。暮雨蕭蕭幾陣風。

柳梢青

曉色汀洲。洩雲微度，雨脚初收。碧篁涼生，宿醒未解，秋在蘭舟。　箇人何處凝眸。記不起、春風舊遊。花外迎歸，霜前教去，總是輕鷗。

踏莎行

月魄分橋，煙鬟迷渡。分明十里長洲路。從教幽夢解相尋，亂帆影裏人何處。　細蕊偷黄，單綃引素〔一〕。去來渾是難分付。西風篷底博山香，一絲絲是秋情緒。

【校】

〔一〕「綃」，清鈔本、雲輪閣鈔本皆作「絹」。

念奴嬌　湖夜

浮生夢裏，更能得、幾度人間今夕。西子湖頭秋已半，清景似曾相識。銀渚雲開，珠胎月滿，一片傷心碧。姮娥知否，照人如此清切。　試望蘇小西陵，如今松柏盡，難尋油壁。星火樓臺永夜舟，不是舊遊踪跡。病憶愁吟，有荷花笑我，百端交集。數聲何處，夜分猶自吹笛。

望海潮　錢唐懷古，和柳屯田

吴顛越蹶，玄黃戰罷，無多錢趙興亡。城柝宵嚴，宮鴉曉起，潮聲依舊錢塘。綺麗最難忘。有蜀船紅錦，粵橐沉香。別樣風流，翠翹金鳳内家妝。　笙歌十里湖光。更沉雲菰米，墜粉蓮房。一道愁煙，三分流水，惱人惟有斜陽。盡日繞荒岡。又秋營畫角，粉隊軍裝。指點六陵，衰草下牛羊。

意難忘

生小盈盈。是天教斷送，賦與多情。密防鸚語滑，愁壓鳳箋輕。紅淚濕、翠眉清。猶是可憐生。夢兒中、幾回來處，只恁分明。　算來誰負流鶯。有花枝照妾，明月隨卿。病應前夜得，眼是幾時醒。欲畫也、恐難成。堪否與題名。道判將、緑消紅褪，分付丹青。

滿路花　與聽公

吴宫落日荒，燕市悲歌暮。天山三丈雪、迷行路。驀然相遇，寶筏横津渡。支公都未許。會待安心，早教覓向何處。玄關頻叩，默語俱成誤。白頭渾未定、風前絮。一燈深照，領略元無句。從今應記取。玉河霜月，滿身多少花雨。

望江南

臨欲别，何處見回眸。一丈紅牆遮玉砌，十年青鳥斷銀鈎。往事總成愁。　憔悴盡，花滿憶春遊。搴幌月華窺擁被，隔簾風影報梳頭。終日並蘭舟。

前調

聽宛轉，愁到渡江多。杏子雨餘梅子雨，柳枝歌罷竹枝歌。一抹遠山螺。　曾幾日，輕扇掩纖羅。白髮黄金雙計拙，緑陰青子一春過。歸去意如何。

燭影摇紅　上元

薄醉垂鞭，寶坊才轉疑飛墜。一年明月打頭圓，望處渾如水。便有魚龍成隊。更多少王侯邸第。白頭猶説，天上霓裳，舊時風味。　誰耐閒行，紫騮可也如人意。歸來孤館踏歌聲，遠聽心還碎。往事姮娥應記。遍燈月闌珊影裏。而今誰問，南國春寒，箇人憔悴。

山花子

人與青山共白頭。犯寒簾控小金鈎。一樹垂楊扶不起，壓春愁。　眼底生涯都未是，天邊凝望幾時休。索倩玉驄馱醉去，病青樓。

百字令　劉震修小照次韻

夢回身世，待與子呼酒，細論齊物。箇是文場摧敵手，所向一時堅壁。白日難揮，黄金易散，彈指菁華歇。短衣射虎，憐渠未是侯骨。　我是海鳥忘機，君休自歎，歸燕紅襟隻。飛絮亂花渾不管，零落六朝煙月。生即同年，居應對宇，老覺關情切。芒鞋相待，共君踏遍冰雪。

青玉案

虎丘山下傷心路。直不放、遊人去。鬢影歌聲香不度。賣花籬畔，鬬茶闌角，記得停舟處。
亂紅飛過真娘墓。休覓斷碑腸斷句。愁較興亡爭幾許。一龕燈影，半天鈴語，幾陣吴宫雨。

前調　雁字

丹青畫出秋容好。看題處、當殘照。一一銀鈎天外小。晚妝樓上，麝煤臨就，忒也疏斜了。
浣花波影明如掃。弟子新傳王逸少。雨打風吹幾回老。斷行殘墨，被誰偷譜，排點銀箏巧。

御街行　中秋

算來不似蕭蕭雨。有箇安愁處。而今把酒問姮娥，是甚廣寒心緒。隻輪飛上，天街如水，不管人羈旅。
霓裳罷按當時譜。一片青砧路。西風白騎幾人歸，腸斷緑窗兒女。數聲角罷，樓船月偃，雁落瀟湘去。

金縷曲　題陳其年填詞圖，有姬人吹玉簫倚曲

燕市悲歌者。論從來、英雄兒女，漫爭聲價。腸斷斑騅人欲去，剛道小喬初嫁。只半幅、春風圖畫。唱到天涯芳草句，看一聲、離鳳嬌鬟亞。紅淚泣，數行下。浮名自是誰真假。甚于思、花間蘭畹，一時方駕。不管秦娥簫咽後，又是荼蘼開罷。更何處、垂楊繫馬。便遣玉人嗔急性，背華燈、扣損裙兒砑。須罰爾，盡三雅。

前調　與姜西溟

畫角三聲咽。倩星前、梵鐘敲破，三生慧業。身後虛名當日酒，未勾消磨才傑。君莫歎、蘭摧玉折。多少青蠅相弔罷，飽家詩、碧濺秋墳血。聽鬼唱，幾時徹。更誰炙手真堪熱。只此兒、翻雲覆雨，移根換葉。我是漆園工隱几，也任人猜蝴蝶。憑寄語、四明狂客。爛醉綠槐雙影畔，照傷心、一片琳宮月〔一〕。歸夢冷，逐回雪。

【校】

〔一〕「月」，清鈔本作「碧」。

摸魚兒　壽秦留仙前輩

似仙源、桃花零亂，武陵一櫂重駐。玉堂鈴索花磚日，舊是先生遊處。愁如絮。消受盡、五湖煙月三湘雨。君恩再許。教領袖詞流，雙椽燭底，灑翰繼還固。　應不改，張緒當年風度。柳弧依舊懸户。交疏月轉傳籌飲，墜遍玉河紅露。支磯浦。早迎取、七香車上山眉嫵。離情休訴。只此恨重償，雙紋簟展，肯放早朝去。

臨江仙　寒柳

無多煙雨旗亭路，爲誰縈損風流。新來消盡兩眉愁。不知當日意，生怨隔紅樓。　桃葉桃根同悵望，知他何處維舟。玉鈎斜畔女牆頭。昏鴉棲不定，霜月滿揚州。

霜葉飛

故鄉他日丹楓路。草堂斜轉山麓。繞籬清澗斷橋東，盡日汲寒玉。正欹枕、矮窗晴旭。山廚掃葉晨炊熟。醉卯酒如泥，把插架、陳編卷了，不遣侵目。　豈少擯落江山，蘆人漁子，容易伴我幽獨。爲探梅信愛衝風，挂蒲帆十幅。要遊倦、歸來新浴。樵青扶醉移紅燭。待先生、如此去，四十三年，問他陵谷。

南浦　送高澹人扈從東巡

披香侍從，鎮朝隨宮漏暮宮鴉。忽報翠華春豫，紫塞度銀沙。千里旌旗篲野，簇雞翹、五色亂晴霞。趁六龍飛處，極天紅雨，江水泛松花。　纔是鳳城三五，共華燈明月醉皇家。此際長楊羽獵，獨自騁妍華。行矣青門鞭影，度關山、新柳萬行遮。待歸來又早，階翻紅藥夢天涯。

齊天樂　昇平嘉宴記恩

春來罷習昆明戰，甲兵洱海初洗。翠疊嶤蓂，青眠漢柳，魚鑰千門宵啟。爐薰鵲尾。㚇火鳳流蘇，燭龍垂地。夢入鈞天，始知身是玉皇吏。　宸游此時最喜。勑雲韶屢舞，鵷羽交醉。百和香濃，三光酒滿〔一〕，拜手逡巡還起。昇平樂事。許殿上賡歌，柏梁新製。帶月歸遲，六街平似水。

【校】

〔一〕「光」，清鈔本作「觥」。

水龍吟　端州午日

羞人細柳新蒲，三年多少愁蹤跡。繁臺塵土，釣臺煙雨，崧臺風日。淹冉年華，禁他揉弄，這般狼籍。算上林龍舸，製標來，天笑處，誰簪筆。　一片牂牁風急。便歸夢、怎教歸得。清尊空滿，浮名何在，白頭成泣。漫憶年時，玉符翦虎，畫船飛鷁〔一〕，問蓉湖、今夜新蟾影裏，幾人吹笛。

【校】

〔一〕「鷁」，清鈔本作「鷁」。

彈指詞

顧貞觀梁汾著　侯晰粲辰輯　杜詔紫綸訂

浣溪沙　詠梅

物外幽情世外姿。凍雲深護最高枝。小樓風月獨醒時。　一片冷香惟有夢，十分清瘦更無詩。待他移影説相思。

前調

不是圖中是夢中。非花非霧隔簾櫳。窄衫低髻鎮相同。　清脆鈴聲簷鴿夜，悠揚燈影紙鳶風。此時攜手月朦朧。

清平樂　書木蘭店壁

短衣孤劍。貰酒青旗店。一曲杜陵香灩瀲。醉洗玉船紅釅。早鶯送客誰家。依微月射銀沙。馬上續成春夢，牆頭笑擲桃花。

前調　盧龍罷獵口占

煙光上了。天淡孤鴻小。一派角聲聽漸杳。吹冷西風殘照。誰家暝色高樓。夜烏啼向城頭。寫入屏山幾曲，鄉心歷亂邊愁。

菩薩蠻　記夢

夜深叢桂飄香雪。有人私語憑肩立。莫倚玉闌干。人間風露寒。殘妝猶在臂。少別千年矣。密約誓他生。此生無那情。

沁園春

殘月幽輝，宿昔見之，豈其夢耶。任寒堆一枕，鈿珠零落，塵縈半榻，箏柱欹斜。妾命如斯，郎行何許，裙扇留題滿狹斜。鱗鴻便，莫棲香正穩，忘了天涯。　也應遊倦思家。算不抵、孤眠人歎嗟。鎮未忺懷抱，慵偎暖鴨，斷無消息，悶數歸鴉。雪壓霜欺，别來真箇，瘦盡中庭萼緑華。誰傳語，道春風多厲，强飯爲佳。

滿江紅　汴梁懷古

何必江南，堪俯仰、六朝遺跡。只此地、淒涼難問，故宮花石。修竹已荒梁苑晚，明燈欲罷樊樓夕。笑書生、多事説興亡，空沾臆。　朱仙鎮，陳橋驛。相望處，城南北。只一般矯詔，誰忠誰逆。鵑血還歸柴市盡，鯨波漫把香孩擲。捲長空、何處片雲飛，迎秋笛。

臨江仙　寒柳，偕容若賦

向日宫鶯千百囀，而今幾點歸鴉。西風着意做繁華。飄殘三月絮，凍合一江花。　自是心情寥落盡，不堪重繫香車。永豐西畔即天涯。白頭金縷曲，翠黛玉鈎斜。

鷓鴣天

往事驚心碧玉簫。燕猜鶯妬可憐嬌。風波亭下鴛鴦牒，惶恐灘頭烏鵲橋。　搴恨葉，摘情條。舊時眉眼舊時腰。相思半餉西窗月〔一〕，狼籍桐花帶夢飄。

【校】

〔一〕「餉」，清鈔本作「晌」。

瀘江月　寄阿沈

記寒宵攜手，一籬新月，三徑微霜。臂綃乍惜殷紅減，平生意、百劫難忘，爲我飄蓬，由他飛絮，惡風吹墮何方。燕臺尺素，猶自祝勝常。怪啼痕、浥透香囊。心知從此別，但寄聲珍重，莫更思量。蜀道如天，侯門似海，陌頭容易盼蕭郎。除非是、星軺建節，瞥認疏狂。縱然金屋深藏。清笳拍遍，料依舊情傷。側身西望貂褕贈，雙鱗杳、不渡瀘江。僰道煙迷，牂牁瘴合，夢魂可到家鄉。烏衣門巷，別後總淒涼。又誰過、昔日幽窗。掃眉安鏡處，任泥翻燕壘，蜜滲蜂房。黃菊休開，紫薇空老，見伊枝葉幾回腸。歸來也，重逢滿願，願滿纔償。

青玉案

天然一幅荆關畫。誰打稿、斜陽下。歷歷水殘山剩也。亂鴉千點，落鴻孤咽，中有漁樵話。登臨我亦悲秋者。向蔓草平原淚盈把。自古有情終不化。青娥塚上，東風野火，燒出鴛鴦瓦。

如夢令

顛倒鏡鸞釵鳳。纖手玉臺呵凍。惜別儘俄延，也只一聲珍重。如夢。如夢。傳語曉寒休送。

風流子　辛亥假歸偶述

十年纔一覺，東華夢、依舊五雲高。憶雉尾春移，催吟芍藥，螭頭晚直，待賜櫻桃。天顔近、帳前分玉靶，鞍側委珠袍。罷獵歸來，遠山當鏡，承恩捧出，疊雪揮毫。　宋家牆東畔，窺閒麗、枉自暮暮朝朝。端爲行雲一賦，薄福多銷。況愛閒多病，鄉心易遂，阻風中酒，浪跡難招。判共美人香草，零落江皋。

夜行船　鬱孤臺

爲問鬱然孤峙者。有誰來、雪天月夜。五嶺南橫，七閩東距，終古江山如畫。　百感茫茫交集也。憺忘歸、夕陽西挂。爾許雄心，無端客淚，一十八灘流下。

謁金門

三十矣。彈指韶光能幾。梵課村妝從此始。心期成逝水。　那少真珠百琲。遲却紅絲一繫。得壻今生應似子。斯言猶在耳。

眼兒媚

手捲湘簾雨初收。雙燕小紅樓。釀花天氣，護花心性，一樣温柔。　知他底事長無語，鈿帶縛箜篌。箇中應解，寒應勝暖，春不如秋。

水龍吟　粵秀山簡友

憑高有客沾襟，蒼茫勝蹟都無據。榕陰不斷，鷓鴣飛上，越王臺樹。香浦魚沉，珠江雁杳，花田無主。算由來閒氣，英雄粉黛，一般到、銷魂處。　喚起柔情俠骨。定相憐、客愁孤注。韶光正好，爲誰擲向，蠻煙瘴雨。雙髻扶頭，十眉連臂，儘留教住。判千金散盡，自攜寶劍，陸生歸去。

采桑子

分明茉莉開時候，琴靜東廂。天樣紅牆。只隔花枝不隔香。　檀痕依約雙心字，睡損鴛鴦。辜負新涼。淡月疏櫺夢一場。

前調

不知誰唱秋江曲，喚起離鴻。西去孤篷。心逐江流却向東。　佩珠欲解蘅皋冷，莫采芙蓉。一鏡愁紅。憔悴憐卿別後同。

念奴嬌　針魚嘴

幾行歸雁，共征帆、落向暮煙叢裏。野戍潮寒清角動，簇簇蒹葭深艤。酒旆微青，漁燈乍黑，未散沙洲市。當壚一笑，滿頭黃菊旖旎。　又是薄醉殘更，篷窗悶掩，輾淒迷鄉思。誰與孤眠欹枕説，妾夢不離江水。慈姥山高，望夫磯冷，相對針魚嘴。斷魂今夜，風鬟雨鬢千里。

昭君怨　翠峰承恩寺

真箇而今親試。月白霜濃蕭寺。佛閣夢雙憑。第三層。　別是梵音清磬。休問轆轤宮井[一]。一滴下楊枝。睡醒時。

【校】

〔一〕「宮井」，清鈔本作「金井」。

浪淘沙

擁髻燭花偏。特地遷延。縷金雙枕只空圓。昨夜新霜鴛瓦濕，寒到君邊。　片鐵挂簷前。消受無眠。一聲容易破秋煙。央及潯陽江上雁，莫近離船。

木蘭花慢

憶家山似畫，寒食後、麗人行。有桃葉桃根，低鬟擁楫，絮語閒評。縱横。筆床茶椀，也當他斗酒聽啼鶯。記得半塘煙柳，昔年曾竚狂生。　泠泠。歸夢遶泉聲。和醉倚傾城。看界就烏絲，題殘碧玉，薄負才情。丁寧。莫催雙槳，待月明清露下秦箏。彈到秋江一曲，爲誰紅淚飄零。

金縷曲　生日自壽

馬齒加長矣。向天公、投箋試問，生余何意。不信懶殘煨芋後，富貴如斯而已。惶愧殺、男兒墮地。三十成名身已老，況悠悠、此日還如寄。驚伏櫪，壯心起。　直須姑妄言之耳。會遭逢、致君事了，拂衣歸里。手散黄金歌舞就，購盡異書名士。累公等、他年謚議。班范文章虞褚筆，爲微臣、奉勅書碑記。千載下，有生氣。

前調　再寄漢槎寧古塔，以詞代書

季子平安否。便歸來、生平萬事，那堪回首。行路悠悠誰慰藉，母老家貧子幼。記不起、從前杯酒。魑魅擇人應見慣[一]，料輸他、覆雨翻雲手。冰與雪，周旋久。　淚痕莫滴牛衣透。數天涯、依然骨肉，幾家能彀。比似紅顔多命薄，更不如、今還有。只絶塞、苦寒難受。廿載包胥承一諾，盼烏頭馬角終相救。置此札，兄懷袖。

【校】

〔一〕「擇」，清鈔本作「搏」。

其二

我亦飄零久。十年來、深恩負盡，死生師友。宿昔齊名非忝竊，試看杜陵消瘦。曾不滅、夜郎僝僽。薄命長辭知己別，問人生、到此淒涼否。千萬恨，爲兄剖。兄生辛未吾丁丑。共些時、冰霜摧折，早衰蒲柳。詞賦從今須少作，留取心魂相守。但願得、河清人壽。歸日急繙行戍稿，把空名、料理傳身後。言不盡，觀頓首。

前調　雨花臺晚眺

此恨君知否。問何年、香消南國，美人黄土。結綺新妝看未竟，莫報諸軍飛渡。待領略、傾城一顧。若使金甌常怕缺，縱繁華、千載成虚負。瓊樹曲，倩誰譜。重來庾信哀難訴。是耶非、寶釵桃葉，舊消魂路。如此江山剛换得，才子幾篇詞賦。弔不盡、人間今古。試上雨花臺上望，但寒煙衰草秋無數。聽嘹唳，雁行度。

踏莎美人

渺渺風帆，淒淒煙樹。望中便是儂行處。離魂別後若相招。分付採菱歌畔、木蘭橈。　水驛傳更，江樓聽雨。此情好待歸時語。雙魚一夜送秋潮。應是有人雙淚、滴紅橋。

南鄉子　擣衣，和容若

嘹唳夜鴻驚。葉滿階除欲二更。一派西風吹不斷，秋聲。中有深閨萬里情。　廊上月華清。廊下霜花結漸成。今夜戍樓歸夢裏，分明。人在迴廊曲處迎。

減字木蘭花　宿南館陶，是夕有夢

西風又起。水驛更長人倦矣。繡被香空。一夕濃熏是夢中。　鄉心久斷。欲寄鄉書天樣遠。爲問汀蘆。有箇南歸宿雁無。

八聲甘州　憶家鄉端午

恁喧闐、那得怨魂酬。菰黍悵誰投。想玉人風格，天然瀟灑，片舸輕鷗。一種湘蘭沅芷，何處著葵榴。別向煙波外，占取清秋。　當日芙蓉湖上，正水嬉初散，杜牧空留。忽催歸暮雨，小泊近朱樓。最難忘、風燈零亂，乍隔船、驚見幾回頭。傷離緒、綵絲千結，囑付親收。

摸魚兒

幾多情、倩誰傳語，夜闌偷翦紅藥。短檠孤影愁無寐，教伴綺窗斟酌。花睡着。護一點檀心，不受東風謔。明朝梳掠。還試倩芳姿，鏡中相並，慵整古釵脚。　瓊肌削，較比花枝更弱。歡期催問靈鵲。莫訝軟綃承露重，淚裏當年灼灼。生誤却。怎不及、他家茅屋空山約。緑蓑青篛。待豔粉輕潮，幽香別渚，此意儘商略。

唐多令

雙淚滴花叢。一身驚斷蓬。儘當年、剩月零風。虛把玉顔臨鏡也，渾不似、舊時紅。　無語學書空。小箋銀粉融。乍緘成、猶恨匆匆。别有心情難寄與，憑説向、欲歸鴻。

臺城路

梳妝臺懷古

卷簾依舊西山雨，憑高暗傷何事。一寸山河，十分佳麗，幾葉蕉園剩史。分明故址。有瑶島璚花，未隨流水。惆悵重尋，斷楣金縷廣寒字。　當年夢遊曾至。妝成誇第一，畢竟誰是。三閣傳箋，六宫潤筆，可惜都無才思。茫茫對此。只銀漢紅牆，望中相似。甚處天香，夜深飄桂子。

袖拂詞

張夏秋紹著　侯晰粲辰輯　顧鍾仁來端訂

菩薩蠻

試燈時節深深院。晚妝匀了輕衫换。不惜出前楹。迎郎問月明。　重逢情脈脈。對面銀河隔。一刻記春宵。千金値未高。

滿庭芳　題菰川草堂

南郭林包，西橋港繞，遠山湖上如螺。村家一帶，盈望好田禾。巧凑門前五柳，涼棚下、荳莢茄窠。漁船集，斜陽曬網，横櫂起清歌。　芳原饒勝卉，洛陽姚魏，月窟婆娑。更玫瑰連畝，菡萏浮波。有客相邀尋賞，欣然往、或取微酡。吾居此，朝煙暮靄，孰與輞川多。

前調　題劉將軍像卷，同蔣玉淵作

藜閣王孫，沙隄介弟，移來彩戟雙雙。功成身退，早撇却炎涼。何必凌煙畫就，開金谷、歌舞徜徉。但一壑，松風夢足，苔卧緑沉槍。　從他門户盛，編籬插棘，獨坐雲閭。到天涯覽古，百詠千觴。更擬翻經入道，桃源口、借問漁郎。嗤當日，射生馳馬，仗劍事先皇。

南鄉子　賞桂，和蔣玉淵

嘉樹幾經秋。滿覆庭陰伴素侯。每到花時來燕坐，斜眸。金粟垂垂拂屋樓。　斗酒不難求。明月當筵清露收。此是鄰家家咫尺，容留。入榻濃香夢不休。

前調　北固樓，和辛詞

對面指揚州。盡日無船風浪愁。回首金陵天已暮，休休。一片降旛出石頭。　梗跡任沉浮。不逐漁人下釣鈎。草澤英雄曾見否，孫劉。檻外長江空自流。

滿江紅　壽侯玆泠六十

紫氣東來，常管領、蘭亭金谷。交到老、幾人君子，歲寒松竹。指腹儘教容百輩，揮毫奚啻傾千斛。任紛紛、輕薄少年場，浮雲目。也不跨，揚州鶴。也不問，中原鹿。但傳經膝下，杜門雌伏。何氏已推山大小，阮家休問居南北。倚青藜、緩步映山河，紅橋曲。

前調　秦園遇歌者蘇生，用顧伊人韻

曾事通侯，酬郢曲、樽前紅豆。遇軍變、江州烽火，洞庭遺叟。萬馬東來流竟斷，六龍南幸城如斗。看三宮車幰發臨安，傷心否。峰第一，誇舊口。泉第二，傳新手。掩春申珠履，孟嘗雞狗。對我欲舒蘇嶺嘯，當筵尚說元王酒。謝桃花潭水殢行舟，汪倫又。

行香子　隱居

纔背城隅。便似山居。矮牆頭、黃石青榆。當門稅地，農圃隨余。種一庭花，一林竹，一池魚。

滿愁歷崎嶇。守分何如。未秋風、先憶蓴鱸。晚燈時了，還坐吾廬。對滿窗月，滿壺酒，滿牀書。

風流子　題錢將軍海晏圖

扶桑弓早挂，風波偃、高會引杯長。羡錦樹先王，射潮威武，湘靈才子，驚夢文章。娱心處、青萍酬趙客，白苧聽吴娘。月小山高，重遊赤壁，蓴香鱸美，正對松江。　江邊重回首，孫盧萬艦，付笛裏滄浪。廿載撫循鴻雁，煙水相忘。看諸郎受節，傳家玉馬，通侯佩印，柱國金湯。管取功成身樂，麟閣流芳。

蘇武慢　詠陶元亮，同華商原

乞食何窮，爲農已老，鴻鵠高飛千里。盈掬黄花，一尊渌酒，爛醉南山畫裏。樂天知命，乘化逍遥，那論賢愚五子。自歸來，謝却徵書，恥作安劉園綺。　憶前人、百甓宣勞，八州建節，身傍潯陽開士。細詠荆軻，長懷易水，此豈山林步履。典午遺墟，中原沉陸，歌哭心迷悲喜。託閒情，一賦非瑕，我有所思而已。

浪淘沙　登橋

行過碧溪灣。來望風帆。晴明今日袖餘寒。還是隔年殘雪也，半覆青山。　征戍幾人還。野哭潸潸。人生行樂傍鄉關。準備一株邛竹杖，游戲花間。

一萼紅　題石田寫菰川莊圖，莊今廢爲福城庵

舊滄洲。是老翁白石，親寫武陵游。蘚淨漁磯，花飄賈篋，中間著箇羊裘。煙鳥歸、四圍松竹，倚遍了、明月最高樓。不識侯門，有名相里，筆墨風流。　堪歎桑田更改，把圖書金石，盡付浮漚。香閣經籤，法堂鐘鼓，淒涼一點燈油。爭傳說、高人捨宅，任他日、乳燕啼鳩。只看吴宮晉苑，剩得松楸。

喜遷鶯　贈吴留村使君

延陵公子。擅禮樂文章，雞壇牛耳。花縣穿車，琴堂弄筆，才子古來如此。經濟況推高手，樽

俎折衝千里。豪氣在，有雙龍知我，萬金酬士。天賜。煩幾度，遮道攀轅，民樂華胥裹。酒引千觴，詩聯百韻，好擁使君遊矣。名氏已登御幄，功業復標惇史。紘誦沸，向春申澗路，高山流水。

驀山溪　湖泛，偕尤悔庵、劉易臺

溪頭放棹，白鷺飛清晝。四面絶紅塵，撲青蒼、山攢水湊。從中選勝，最愛養魚陂，圍楊柳。陰晴驟。正是黄梅候。水邊林下，名跡千秋有。今日遂良遊，把清尊、臨風一酹，三三兩兩，相與扣舷歌，沾袍袖。歸遲否。明月剛初九。

前調　魏和公五十

草堂居士，身隱高名滿。游萬里歸來，與伯仲、陶陶款款。行藏獨妙，卷易在牀頭，臨山水，聽清音，何必閒絲管。今年五十，幽谷春常暖。況日景初長，報嶺上、梅開一半。閒看舞鶴，知道幾千齡，愛玉樹，進椒尊，爛醉仙亭幔。

木蘭花慢　訪黄生庭友

過南徐訪舊，花釀熟、筍魚肥。向三詔亭臺，五州山水，攜手徘徊。君家自來遊俠，有臨江書屋甕城西。白雪徵歌寡和，青雲看鳥高飛。　去還來錦袖香衣。拜慶把金罍。正椿景歡娛，萼樓爛熳，燕子爭歸。英雄羨他公覆，贊周郎諸葛火攻奇。漢閣麒麟不改，于門車馬堪期。

采桑子　秋閨

針樓共上呼儔侣，薄薄羅裳。窄窄鞋香。歸到空房出浴涼。　晚妝重理無人見，形影商量。濃淡誰長。星月嫌他隔景陽。

前調

不眠坐聽殘更轉，欲熨雲裳。且撥爐香。一陣風來翠箔涼。　夢兒却渡遼西去，覺後思量。會短離長。桐葉偷題待雁陽。

百字令 自題小影

天容吾老，謝春風、妝點舞雩沂水。剩有門前煙景勝，混跡漁樵堪喜。失學從兒，愁貧任婦，聊誦村夫子。時名何有，賦成覆醬瓿耳。　空自跳蕩詞場，浮沉墨榜，復雄談弧矢。一劍曾邀知己顧，難負文山柴市。逃入東林，别聯白社，就此終身矣。相呼道學，他年瞞盡青史。

前調 南中酬友

石頭城下，草蕭蕭、荒盡南朝陵闕。廿載重游迷路徑，倦聽闕前笳笛。接地雲陰，兼天浪湧，逼近重陽節。山川如此，古來誰數嘉客。　報道李郭扁舟，凌晨衝雨，特訪江村僻。四座交披珠玉論，一卷書攜冰雪。白下宗風，於今轉盛，伊洛人能説。應求千里，可容樗朽聯席。

前調 弔梅村先生，用蘇韻

風流如昨，論文章、喜獎後生人物。一自中原龍戰後，卧看茅齋青壁。燕去鵑歸，徘徊京國，吟罷頭鬚白。咄哉評苑，錢龔漫數三傑。　只爲名下嫌疑，堂前危懼，誤逐徵車發。吴許元來居太學，那免瓊臺埋滅。死見真心，從前官閥，戒勿書毫髮。詩人之墓，至今寒映松月。

江城子　堵寅叔故居

板扉泥徑草深深。没人尋。有蛩吟。記得炙雞絮酒、共談心。仗劍出門年正少，家不顧，陸將沉。　白頭老母尚于今。伴荆簪。守寒砧。悵望長沙子弟、渡湘陰。料想令威仍化鶴，風月夜，返空林。

沁園春　同陳其年戲詠閨人蹋毽子者

金鳳妝成，寶鴨香沉，算何所爲。有五銖軟毳，袖中早結，一家姊妹，裙底輕提。起似花飄，接如丸滚，側髻飄身幾步兒。嫣然笑，笑斜飛一角，姑婦爭碁。　香塵可動些些，怕掠盡春風燕怎持。任羅巾拭汗，匀開素靨，玉釵落鬢，帶住紅枝。絶勝芳園，鞦韆架上，擺斷腰肢綰柳絲。凌波襪，莫教蹴損，等待陳思。

前調　同其年詠菜花

一望金鋪，接段分坵，長隄短塘。羡欺桃壓李，連天爛熳，迎風著露，遍地飄颺。挑薺纔過，踏青至此，試戴釵梁問可妨。花間譜，便君臣懸隔，欲賽姚黄。　何須列幕登場。但唤徹、提壺醉夕陽。看村村榆社，陳茵布褥，年年農月，趁暇尋忙。寄語高人，莫懷蘭菊，妙手唐坟寫素腸。留春住，詎菜園羊踏，夢落滄江。

千秋歲　旅懷

出爲小草。處士名原好。樂志論，陳情表。傭書來海曲，餬口吾貽笑。兩負也，泥塗絳甲誰詢老。　世事憑顛倒。勝算誰先到。逃不出，乾坤小。菰川租屋處，門外秧青了。歸去日，田家種植從頭考。

前調

石榴萱草。占住年光好。早茉莉，香庭表。中泠泉試汲，陽羨茶添笑。江岸遠，踏穿海岳襄陽老。返景樓臺倒。恍惚龍宮到。流不去，金焦小。清涼開法界，花雨霏微了。閒半日，鶴林欲訂濂溪考。

前調　壽王丹麓五十

蘭亭誰换。補禊春留半。玉骨健，銀鈎變。銜杯一笑喜，買賦千金賤。還學易，假年細展牀頭卷。泛棹江湖晏。到處鷗群亂。漁問答，樵吟歎。餘閒天所付，既醉君何願。瀟灑甚，墨池流出桃花幻。

金縷曲　讀史

强弱無常勢。是何人、發皇三户，摧枯二世。世將威名歸羽父，破釜沉船意氣。過鉅鹿，咸陽危矣。掘冢燒宫拚太莽，爲先王、報雪春秋義。恁年少，驚天地。渡江到此三年耳。笑當年、四君五國，叩關而已。置酒鴻門雙劍舞，還保魯兄沛弟。號霸主、彭城真帝。垓下天亡非戰罪，剩美人駿馬、英雄淚。破成敗，史遷紀。

望江南

盆中景，尺幅小林泉。徑寸黄楊逢閏縮，滿株金荳隔年懸。石愛米家顛。

畫堂春

一簾風雨玉鈎長。禁煙節似重陽。侍兒偎煖被薰香。强起梳妝。柳葉愁縈八字，蓮花懶蹴三湘。幾回壓線剪新裳。長短誰量。

柳梢青　客至

溪上人家。對橋通市，易買魚蝦。雨後擔泉，花時載酒，有客尋咱。莫嫌斗室卑窪。塵不到、窗前碧紗。句裏瀉山，篇中秋水，話徹昏鴉。

醉太平　詠錢

歡場樹錢。博場注錢。將軍較射穿錢。是好官得錢。　蚨兮幻錢。蝶兮夢錢。憑他十萬神錢。只寫山換錢。

滿路花　夜抵江城，聞臘梅香，同劉易臺柬黄艾庵

蘆遮曲岸天，竹碎沙灘月。榜人乘夜渡、呼聲捷。嚴寒墮指，百丈迎風折。星芒動金闕。送下栒檀，却隨鼓角清越。　常年于役，半剌懷磨滅。何如茅屋卧、耑修業。暗麝飄來，此亦晨鐘發。素交吾所浹，問山谷、木樨香，參箇同别。

齊天樂　贈陸天濤使君浚江陰城河

仙鳧飛處司牛耳。覓來芙蓉城裏。挂席初收，推篷一望，濠濮欣然心會。追維江涘。任潮去潮來，闢門恐泥。剡曲回舟，悵王猷興盡前此。　而今溪港畢滿，舳艫連泊穩，銀蟾涵泚。燈火喧闐，笙歌間作，仿佛秦淮遊事。伊人中汜。擅白雪陽春，蒸霞散綺。顯濟川才，河渠書太史。

織字軒詞

朱襄贊皇著　侯晰粲辰輯　杜詩次陵訂

憶秦娥

愛丹崖元結。從風縱體登鑾車。登鑾車李白。智瓊神女王勃，心邇身遐崔鶯鶯。滿甌泛泛烹春茶劉叉。下階自折櫻桃花李賀。櫻桃花元稹。枝條鬱鬱蘇頲，千樹山家王起。

前調

銀釭滅李白。臺前空挂纖纖月。纖纖月盧仝。蛾眉始約王勃，故人離別顧況。碧雲飄斷音書絶紅綃妓。西園悵望芳菲節韓偓。芳菲節柳氏。青陽告謝欒章，蛩鳴唧唧釋貫休。

滴滴金

小隨阿姊學吹笙王建。無非送酒聲劉禹錫。依約年盈十六七元稹，西陵下李賀、早傳名長孫無忌。笑擎雲液紫瑶觥曹唐。欹斜坐不成杜甫。酒入四肢紅玉軟施肩吾，心如醉張泌、識君情張潮。

醉落魄

何時歡樂夷陵女子。西園永日閒高閣韓偓。知君也解相輕薄李山甫。深敍綢繆梅妃，忽枉瓊瑶作高適。欲將香匣收藏却魚玄機。豈能無意酬烏鵲李商隱。梧桐葉上偏蕭索戎昱。盡爲愁媒李白，筆與淚俱落劉叉。

法駕導引

春雨灑，春雨灑馮著，兩岸子規天釋栖蟾。寂寂瓊筵江水緑李嘉祐，東風沉醉百花前韓翃。素舸與人閒釋靈一。

菩薩蠻

年年錦字傷離別溫庭筠。幾時斷得城南陌張籍。車馬正紛紛韓翃。斜橋對側門李商隱。　沉香熏小像李賀。願及芳年賞王維。移入畫屏中韓偓。顔衰肯更紅杜甫。

前調

畫堂三月初三日白居易。杏花滿地堆香雪劉兼。側卧卷簾看韓偓。看春獨不言岑參。　思量成夜夢李商隱。錦帶休驚鳳李賀。牀上坐堆堆王建。燈殘片月來馬戴。

魚游春水

去來雙飛燕李益。雙去雙來君不見盧照鄰。忍辜前約李珣，寫得魚箋無限和凝。却鎖重門一院深李涉，二月三月花如霰崔灝。寂寞無聞李舒，笙歌賞讌梅妃。　自是春心撩亂歐陽炯。不插玉釵妝梳淺張籍。小窗風觸鳴琴韋莊，羅幃舒卷李白。長天何處雲隨雨韋應物，落日徘徊腸先斷王宏。愁緒縈絲崔鶯鶯，吴蠶作繭李賀。

酒泉子

積水深沉盧綸，未識東西南北路李頻，今朝初上采蓮船施肩吾。晚妝鮮崔灝。背人多整緑雲鬟楊巨源。何似浣紗溪畔住司空圖，破瓜年幾百花顔羅虬〔一〕。好神仙李白。

【校】

〔一〕「幾」，清鈔本作「紀」。

前調

日月清懸張説，山上有山歸不得孟遲，布裙猶是嫁時衣葛亞兒。上山遲王建。蘼蕪盈手泣斜暉魚玄機。長恨春歸無覓處白居易，看看還是送春歸司空圖。落花飛王勃。

漁家傲

共宴紅樓最深處李賀。紛紛輕薄何須數杜甫。姊妹相攜心正苦戴叔倫。今已暮王勃。前溪舞罷君迴顧李商隱。婉孌夜分能幾許凌敬。遊絲半罥相思樹許景先。爲白阿娘從嫁與顧況。君聽取白居易。花前飲足求仙去劉商。

十六字令

花張南史。摘得荼蘼又一扠韓偓。冀君賞李白，一夜夢還家岑參。

前調

吾盧仝。一片冰心在玉壺王昌齡。終不悔白居易，寄與薄情夫魏氏。

一籮金

平蕪隔水時飛燕李建勳。脈脈亭亭王績，樓上紅妝滿劉駕。白日當天三月半李商隱。誰家不借花園看張籍。一去那知行近遠崔灝。羅袖初熏王勃，香畏風吹散王維。匀粉時交合歡扇權德輿。分明一任旁人見韓偓。

歸自謡

春已去王建。百舌問花花不語温庭筠。桃花亂落如紅雨李賀。杳杳微微望南浦韓偓。水東注韓愈。鑿天不到牽牛處李商隱。

黄鐘樂

風流才調愛君偏韓翃。犀浦花新張何，那不長繫木蘭船張籍。膩粉暗消銀鏤合女威，可憐春日鏡臺前王建。明月無情却上天薛逢。萬古千秋韓偓，十五十六清光圓温庭筠。長望雲端不可越孟郊，更無人倚玉闌干崔魯。

謁金門

向君笑李白。萬里三湘客到皇甫冉。時俗是非何足道元稹。在家貧亦好戎昱。江北江南春草劉長卿。花落家童未掃王維。似惜紅顔鏡中老温庭筠。今朝畫眉早李賀。

點絳唇

絶色多愁韓偓，莫言自古皆如此温庭筠。清談而已盧鴻一。試問誰家子李賀。謂我何憑張九齡，反覆相思字韋應物。是不是盧仝。高山仰止王勃。海底翻無水李商隱。

春水詞

華侗鏡幾著　侯晰粲辰輯　僧宏倫敘彝訂

滿江紅　初春大雪，荆溪萬紅友過訪

纔過新年，蚤輪著、試燈時到。何事被、漫天滕六，玉塵飛罩。柳眼欲開封不許，梅肌尚瘦妝添好。妒冰輪、火樹占春宵，光先皎。　窗前聽，兒童笑。階前塑，狻猊肖。儘强如撾鼓，竹雷聲鬧。但把鳳團當酒政，不須驢背尋詩料。怕衝寒、興盡故人迴，山陰棹。

前調　吴門宋文森攜兩公郎雨中見過

陋巷茅檐，晝岑寂、銅環常閉。恰湊著、故人今雨，叩門驚睡。户外雖無多僕從，車前喜有難兄弟。數別來、又有許多時，星霜異。　斟白酒，村沽易〔一〕。剪緑韭，家園味。謾挑燈論往〔二〕，不須追記。同學看他裘馬盛，窮愁老我漁樵計。羨君家、後起有郊祁，差堪慰。

【校】

〔一〕「沽」，清鈔本作「酟」。

〔二〕「謾」，清鈔本作「漫」。

臨江仙　秋山

疊疊峰巒圖畫裹，逢秋愈覺含青〔一〕。天高木落氣澄清。遠看如翠帶，鴻影繫來輕。　樵採擔攜香草過，問途笑答遊僧。半空飄渺遞鐘聲。陡驚因甚紫，方覺暮煙生。

【校】

〔一〕「青」，清鈔本作「情」。

前調　内子生日

五十光陰還過二，年年誕慶中春。梅花繞屋正繽紛。鄰姑來獻壽，折得杏花新。　衣裓戒香薰染慣，半生侍佛辛勤。甘家娘子是前身。珠擎和玉立，繞膝好兒孫。

前調 老人燈

燈市光陰能幾日，浪邀百歲虚名。多般妝束愛宵行〔一〕。摇頭恭手慣，腰折謝無能。火熱心腸通體見，星光雪色爭明。梅花枝上月三更。喧喧鑼鼓鬧，不語若含情〔二〕。

【校】

〔一〕「妝束」，清鈔本作「裝束」。

〔二〕「含情」，清鈔本作「爲情」。

前調 韶兒赴館嘉禾

纔得團圞離别又，春風撲面猶寒。繫情芳草碧于煙。鴛湖雙槳渡，目斷九龍山。祇爲饑驅經歲去，牽衣兒女凄然。每逢佳節思承歡。石榴紅照眼，門外望歸船。

前調　中秋後一夕風雨

昨夜月明明似水，今宵雨碎風鳴。廣寒宫闕白雲扃。名花如有恨，好酒亦無情。　不睡推窗還看取，殘螢小照昏庭。蛩螿淒楚不堪聽。疏星雖暫露，來日可能晴〔一〕。

【校】

〔一〕「來日」，清鈔本作「明日」。

意難忘　山塘曉步

霞映晴川。恰衣襦倒著，篷席忙掀。烏啼秋氣爽，蟬静曉雲鮮。舟小泊、虎丘前。起獨步橋邊。正早涼、家家簾捲，花市紛然。　平生種植情偏。喜長罌夜汲，小盎朝遷。橐駝懷柳傳〔一〕，橘樹擬蘇園。渾不借、杖頭錢。看滿載花船。整一秋、閒窗清課，吾欲忘眠。

【校】

〔一〕「柳」，清鈔本作「郭」。

天仙子　婁東舟中望石湖

湖映晴空天似洗。小櫓輕摇圖畫裏。數聲何處調吴儂，漁唱喜。菱歌美。不是笙簫偏亹亹。

風恣顛狂欺敗葦。時有飛花高下起。臨波照影羨他閒，鳧候鯉。鷗梳尾。曾見扁舟乘范蠡。

醉紅妝　山行

清明已過百花嫣。雨初晴，鳥自喧。山蹊風日更娟娟。遊女媚，冶郎顛。　青帘村角舞翩翩。

欲沽酒，枕苔眠。雲鎖高峰煙罩柳，歸路近，夕陽邊。

摸魚兒　和萬紅友《登亦園翠圉樓望雪》韻，時家伶奏粲花主人雜劇

綴枯林、雪花遮瘦。江梅難把春逗。幾回呵筆尋吟思，怯冷復籠雙袖。冰疊岫。算只有、圍爐

佳會消寒九。良朋聚首。即典去焦琴，燒殘絳蠟，須進百壺酒。　輪君處，壓倒詞壇作手。老

余羞附詩叟。瑶巵紅映酡顔好，白髪飄蕭如繡。樓似舊。曾學取、粲花五種教兒奏。風流先後。

到舞榭歌臺，撫今追昔，能不黯然否。

其二

昨宵寒、燭花皆瘦。敲窗撲簌誰逗。曉看片片飛銀屑，入户惹人衫袖。妝嶺岫。好一似、香山白頂耆英九。如登峴首。喜樓外奇觀，催詩催畫，潑墨可無酒。金蘭契，憶自髫年握手。而今已隔童叟。惟君占得騷人席，落筆錦霞文繡。儂只舊。待要把、一絃譜出梁山奏。明朝霽後。約踏凍尋梅，二泉坡上，春色早來否。

千秋歲　聽琵琶婦作伊涼調

撥如鶴唳。此調悲歡備。青海月，黄塵轡。傳來曹穆手，翻出伊涼吹。方轉軸，離離便有深秋意。　白髮開元事。紅豆珠簾記。絃下語，風中碎。雪從纖指落，梅自餘音墜。彈再否、老夫已下江亭淚〔一〕。

【校】

〔一〕「江亭」，清鈔本作「江州」。

聲聲慢　曉霽，山中送甥女葬

煙拖松頂，風漱山腰，晴光乍轉芳蘋。卧石橋邊，遊情不爲尋春。傷心素車丹旐，向幽蹊〔一〕、古磵籬門。人不見，只茶芽餳粥，寒食孤墳。　幾樹嶺梅如畫，伴疏香冷豔，也似含嚬。一曲山松，禽聲相和遥聞。休論玉魚金盌，爲悲來、一餉沾巾。歎自古，感淒涼、春草暮雲。

【校】

〔一〕「蹊」，清鈔本作「溪」。

醜奴兒令　杏花

江南社燕來時候，梅落前村。一抹紅雲。賣酒人家古樹根。　曲江莫問看花事，寒食籬門。短屐尋春〔一〕。雨後斜陽墊角巾。

【校】

〔一〕「短屐」，清鈔本、雲輪閣鈔本皆作「知履」。

楊柳枝　本意

有時牽雨亦籠煙。漢苑如人三度眠。最是腰肢弄嫋娜，絲絲青影傍秋千。

其二

鶯梭織翠惹飛花。不是西湖即館娃。憑藉東風好時節，數株斜映那人家。

河滿子　牡丹

獨占雕欄富貴，全收金谷繁華。一捻粉痕纔破露，朝來爛吐晴霞。綵袖雲裁零亂，晶簾月逗欹斜。　自帶封王骨相，堪承仙吏詞葩。聞道洛陽供内宴，年年春入官家。笑倒如今遺意，剩看蜂國排衙。

小重山　訊梅

春色三分過一分。梅花因底事、未舒芬。顛風慳雨擲朝昏。枝上鳥、啁哳總含嗔。　把酒問東君。亭皋何日得、轉晴曛。夢中傳語似相聞。來時約、要等月兒新。

前調　登巢雲閣，即景和倫公韻

徐步荒園怯敗廊。共登高閣處、拂塵牀。老藤枯木蔽頹牆。炊煙起、陣陣擣粳香。　漁舍近山莊。野人農事罷、砍柴忙。嶺雲拖髻似殘妝。風前雁、嘹嚦喚歸航。

水調歌頭　和紅友寄粒菴韻

閉户了無事，晝永抵年長。不將褦襶塵染，抛扇也清涼。除我舊遊朋好，誰識疏慵心事，白髮少年狂。世俗鶩奔競，爾我重行藏。　讀君詞，知避暑，故人莊。巢雲深處高卧，便是白雲鄉。恰在巳公茆屋，得接蓬仙花句，柔翰正流芳。遥念北窗下，風度藕花香。

前調　藝圃

貧寠乏僮僕，勤作當畦丁。栽花植樹排日，朝暮審陰晴。到老憐香癖性，忍倦灌園閒興，非此莫娛情。一掌寬來地，妝點作山亭。　度香風，邀皓月，引流鶯。千般百種迭秀，紅白四時盈。思擬輞川難似，此際平泉何在，聊想學淵明。種菊短籬下，把酒採秋英。

蘇幕遮　走筆訊粒菴

憶支公，詢丈室。笑爾尋忙，不破荒苔跡。松下楸枰思共奕。地限牛鳴，人在山之北。　菊堪餐，橙可劈〔一〕。瀹茗焚香，有鉢期君擊。露白葭蒼秋水碧。欲採芙蓉，湖上煙波織。

【校】

〔一〕「劈」，清鈔本作「擘」。

前調　桃花

火初新，春欲暮。霞燦雲蒸，催放玄都樹。姊妹紅衣秦洞住。重到劉郎，不見漁舟渡。　夕陽蹊，芳草路〔一〕。似笑無言，却把韶華做。楊柳絲，相間處。囑付東風，莫遣清明雨。

【校】

〔一〕「路」，清鈔本作「渡」。

小梅花　仲春，送秦樂天遊燕

執素手。攜芻酒。依依紅亭折楊柳。別離尊。不堪云。念君此去，拋撇家園春。煙花正值揚州道。齊魯豔陽應亦好。到燕臺。暮春哉。都下風光，美滿入詩才。　車輻輳。馬馳驟。蘭友相逢誼踰舊。整瓊筵。宴神仙。分題詞賦，落筆掃雲煙。風流能繼清平曲。夕拜承明移絳燭。降綸音。譽南金。偏動居人，景慕最關心。

沁園春　過荆溪石亭僧舍，和紅友韻，弔吴具茨姊丈

問渡秋村，雲罩晴巒，風引荻船。見橋邊白水，潺潺繞徑，溪旁翠竹，箇箇籠煙。薄霧沾衣，矮扉容客，罷解狂生懸杖錢。分禪榻，且閒偷今日，花散諸天。　高歌空谷聲傳。有不盡、低徊是昔年。感青山叢桂，禽聲如故，黄泉衰草，蛩韻悠然。幾度攀香，多翻招隱，學得詩仙即酒仙。情無限，喜夕陽路晚，月又當前。

金菊對芙蓉　中秋玩月，懷蓉仙、紅友諸子

風叶商音，露滋玉色，滌除霄漢浮雲。任展開冰界，擁出金輪。少焉光逗牆東影，頃之又、挂柳穿筠。眼前兼得，桂香蟹美，杭熟醪醇。　剛自罨畫溪瀕。共連袂尋花，剪燭論文。只數宵聚首，百里離群。何如棹拍梁鴻水，記相約、落帽良辰。意中如聽，歌傳南浦，笛遞東鄰。

步蟾宫　贈内甥王幼芬就婚京口

赭絲誰把丹楓繡。映一帶、山明水秀。青簾畫舫坐王郎，看捩柁、月波如晝。　藍橋攜向京江口。銀燭爛、玉娥催酒。鏡臺先學畫眉尖，恐生手、描來還瘦。

賀新郎　梅花

冷蕊禁寒谷。倩東風、一番點染冰玉〔一〕。月色移來描素影，遠勝生綃半幅。記昨夜、羅浮夢熟。枝上繁霜欺轉劇，賴同心、忍耐饒松菊。招鶴伴，到書屋。　閒情愛倚溪橋獨。且瞞他、蜂狂蝶鬧，受些清福。却笑揚州東閣下，名屬官曹拘束。爭得似、疏籬幽馥。萬卉共推君第一，占江南、能把春催促。三弄笛，慢吹曲。

【校】

〔一〕「倩東風、一番點染冰玉」，清鈔本作「倩東風、一番點染，□□冰玉」。

眼兒媚　杜鵑

誰將顔色付花神。緑葉映丹雲。棠綃鬬豔，榴巾讓照，蜀錦繽紛。　當年望帝歸何處，留得舊時魂。須知化鳥，還來化草，總是啼痕。

高陽臺　清明後三日，鵝湖舟中

雨織雲紋，風翻麥浪，陰晴相半偏宜。溪轉橋灣，恰容小艇沿洄。一篙點破桃花水，惹新煙、楊柳如眉。望遥林，深淺殘紅，却自披靡。　平疇菜甲初齊。已蜂偷濕粉，燕啄香泥。雉乳將雛，鵓鳩呼婦頻啼。荒村不見提壺客，靠矮牆、也挂青旗。任縱横，近岸綸竿〔一〕，遠浦鳧鷖。

【校】

〔一〕「竿」，清鈔本作「巾」。

江城子　秋村

平疇風過稻花香。滌禾場。整禾倉。偏是年豐、農隙事多方。種菜補茅勤豢畜，修蟹籪，葺魚莊。　青帘颺處傍蘿牆。腐盈箱。酒盈缸。無數村童溪女、共提筐。掘芋採菱攀扁豆，齊賭唱，自來腔。

卜算子　秋窗

暑去漸涼生，小室宜深邃。捲起簾兒對好山，牆角幽花媚。　靜夜怯燈昏，無酒難成寐。風惹芭蕉雨又來，點滴驚心碎。

燭影摇紅　贈花燭

桂子添香，黄花含蕊垂垂放。晶簾月瞰鎖窗明，似學雙蛾樣。隔幔爲何相向。恰紅絲、牽來十丈。藍橋此夜，玉管先傳，金車初降〔一〕。　絳蠟銀紗，小春預滿芙蓉帳。曲中雙鳳欲飛來，比翼齊聲唱。家近伯鸞里巷。染螺箋、齊眉案上。端詳合巹，豔映雲屏，情溶瓊釀。

【校】

〔一〕「初」，清鈔本作「早」。

鷓鴣天　寒食日，玉峰舟中

欸乃輕摇曉霧中。春江水面緑煙濃。桃花粉頰偏宜雨，楊柳青絲易惹風。　鶯語澀，燕飛慵。賣餳村落鬧兒童。無邊麥浪深于染，牧笛漁歌唱懊儂。

唐多令　夜窗聽雨

葉落夜偏稠。涼飆挾雨流。近疏窗、弄盡綢繆。砌伴語蛩聲斷續，如泣訴、互賡酬。　新冷逼衾裯。燈殘尚小留。没來由、漸上心頭。無酒幾何能覓睡，早釀就、五更愁。

鵲橋仙　雪夜送宋聲求北上〔一〕

金貂冒雪，玉鞭揮凍，公子征塵雲驟。贈行欲折隴頭香，奈乍吐、梅花還瘦。　烏臺柏酹，鯉庭椒頌，應是春迴時候。尊前倘問故人寒，道雪壓、茅齋依舊。

【校】

〔一〕「雪夜」，清鈔本作「雪後」。

驀山溪　春盡日風雨

春今歸矣，風雨偏相擾。別意恁淒涼，却不道、不來翻好。呼僮約伴，欲送兩三程，落花村，芳草渡，有客消魂了。　離情怎罷，展轉添煩惱。枉有萬重雲，奈不把、去途遮繞。枝頭百舌，似唱渭城歌，山黯黯，水茫茫，明日愁多少。

香眉亭詞

鄒溶二辭著〔一〕　侯晰粲辰輯　杜詔紫綸訂

【校】

〔一〕醉書關二十一卷本目録作「鄒瑢」，正文作「鄒溶」；醉書關八卷本與之同。雲輪閣鈔本目録、正文皆作「鄒瑢」，清鈔本與之同。據清光緒七年刻《［光緒］無錫金匱縣志》卷二十五《鄒溶傳》載「鄒溶，字可遠」，當作「鄒溶」。

眼兒媚

十載看花淚幾行。楚雨夢全荒。閒情分付，丹青北苑，綺語南唐。破除結習應難事，無計懺疏狂。紅塵未斷，白雲堪老，稽首空王。

攤破浣溪沙　汴州曉行

已聽鳴雞怕五更。風前人語認車鈴。涼到戍樓天欲霧，落春星。花謝短牆如墮葉，絮飛流水作浮萍。何處續成驢背夢，短長亭。

望江南　柳

清溪柳，一樹好藏鶯。攀折與誰遊冶客，絮飛絲亂憶縱横。憔悴過清明。　蘇小恨，已是不堪春。那更近來傷送别，紅泥亭子冷風塵。魂夢戀斜曛。

極相思　思夢

短衣匹馬孤城。秋早聽邊聲。漳河東去，銅盤高揭，一雁哀鳴。　可奈愁心猶未死，拚沉醉、錦帳横陳。如今寂寞，青燈孤枕，思夢無憑。

相見歡

軟紅還襯霜蹄。杏花飛。薄醉摇鞭人背、夕陽西。　江南路。山無數。接青溪。流水人家朱户、竹簾低。

清平樂　寄懷朱勉仁

醉魂朦鬆。那更難成夢。新病起來看蝃蝀。樓外柳低煙重。　孤雲一幨江山。鰣魚蘆笋當還。料得藥鑪單枕，小窗滋味清閒。

百字令　聞蟬

關心恁處，奈惱人，依舊夕陽一片。不是訴愁偏響急，高唱入雲聲遠。岸柳枝頭，官槐葉底，已覺金風換。憐他薄鬢，玉臺空冷釵燕。　誰念。獨客單衣，向江南渭北，慣聽悽惋。況值潘郎秋易老，休憶舊家庭院。不受風塵，恰宜疏放，何事常拘管。草蟲唧唧，淺深月下相伴。

滿庭芳

已到中年，常逢半醉，問余何事心灰。愁香怨粉，消受許多才。莫笑癡兒騃女，真美滿、錦繡叢堆。天公是，助貧爲虐，憔悴也應該。　眼前休負却，韶華彈指，去日難回。對名花好友，且自開懷。一任東君妒忌，拚零落、緑暗紅催。君休矣，人生富厚，蓋可忽乎哉。

木蘭花慢 送宫文輝

覓一人知己，奈故態、尚疏狂。任有情絲竹，中年哀樂，容易牽腸。難忘等閒心事，只無聊送客數斜陽。一帶寒煙低樹，依依征棹江鄉。　誰憐紅粉墮蓮房。雙宿紫鴛鴦。問今宵酒醒，續成歡夢，蓬底清霜。忖量舊遊新恨，聽西風落葉杵聲涼。休灑英雄別淚，拚磨百煉純鋼。

虞美人

南來猶有銜泥燕。冷盡花叢眼。東風吹帽識殘春。身向亂山孤店、送行人。　殷勤相勸杯中緑。莫恨韶光促。落紅三尺襯霜蹄。醉裏重尋詩句、石橋題。

赤棗子

蒙絮被，對朝霞。瘦馬登登蹵石沙。脾肉暗消愁遠道〔一〕，棗林一抹露人家。

【校】

〔一〕「髀」，清鈔本作「髀」。

浣溪沙　題驛壁

一種香殘月落時。薄衾小醉夢來遲。人生能不記相思。　客恨未消江上柳，孤燈重續壁間詩。馬嘶人語又將離。

采桑子

一池零落衰荷裏，野鴨偷眠。記起紅蓮。盡日闌干滴露圓。　而今秋色誰爲主，廢院談禪。隔浦炊煙。荳葉西風又一年。

摸魚子　賦得銀桃

喜凝脂、清圓帶葉，盛來金椀無數。蟠根海上稱佳種，不減林泉風味。須記取。有姊妹雙桃，曾向江南住。尋思何處。憶浮李沉瓜，閒亭中酒，消盡人間暑。　年來事，病渴瓊漿多阻。漁郎迷却前渡。故園三畝應無恙，收拾藥畦茶圃。還自譜。與一騎紅塵妃子遥相妒。玉纖紅縷。且莫漫輕拈，細君留待，臣朔偷歸去。

前調　泲上留別胡吉修

對層樓、夕陽蟬噪，緑陰高下煙樹。玉牀金井秋初到，一派新涼砧杵。關心處。有曲水南池，儘自留人住。重尋舊句。笑今古郵亭，浮名身後，碑板空如許。　江南好，正是閒窗避暑。荳棚同聽新雨。單衣小扇風前立，愁絶此時情緒。憑寄語。畫一幅青山箬笠蘆花渚。風塵何苦。便料理扁舟，蓴絲鱸鱠〔一〕，早晚五湖去。

【校】

〔一〕「鱠」，清鈔本作「膾」。

東仙　七夕示内

問訊妻孥，瘦黑休驚，兩鬢蕭騷。怪慣經離別，身同社燕，未曾搖落，心似枯條。歲月催人，文章憎我，青草年年剩短袍。歸來又是黄姑佳節，盡説填橋。迴頭天漢迢迢。任乞巧、餘閒總不消。只瓦盆行酒，何妨舉案，吴歌擊缶，可當吹簫。竹榻高眠，荳棚新話，翻笑金釵恨未銷。還評論，算阮家南北，一樣良宵。

水調歌頭　飲希夷陳先生道院紫薇花下

不記城南路，看竹偶相逢。到門未許題鳳，客唤主人翁。日暝古壇煙細，徑僻小樓香静，茶具間詩筒。我愛此花下，一樹紫薇風。　開家釀，摘園果，列金鐘。生前身後，何事咄咄苦書空。落盡花枝重發，白了鬢絲難黑，仙藥豈還童。爛醉睡鄉去，此意將無同。

貂裘换酒　得且住軒雙桂盛開，舉觴獨飲，醉中作

身坐桂花裏。只天風、吹來飄緲，柔香旖旎。連日情懷何事惡，不向閒庭徙倚。又醖釀、陰晴天氣。嫩蕊輕黄須護惜，爲相憐、一半先開意。花欲醉，如解語。　眼前畢竟關兒女。儘喧闐、牽衣插鬢，白頭可喜。莫是月根多貴種，大笑滿浮緑蟻。訝窮巷、頻過羅綺。拗折繁枝親手贈，轉叮嚀、翠袖攜歸去。還只怕，明朝雨。

前調　自題小像

君貌平平爾。胡爲乎、牢騷滿腹，揶揄一世。多恐功名無福相，擔誤半生弧矢。論天意、原非如此。昨日偶然翻邸報，坐苞苴、畢竟千金子。聊伴食，今之仕。　爲農爲賈良非是。莫因他、饑驅勢迫，變生別計。倘許二辭能了願〔一〕，贏得人呼狂士。便富貴、干卿何事。屠狗賣漿稱密友，十餘年、契闊成生死。常北望，愁雲起。

【校】

〔一〕「倘許」，清鈔本作「倘使」。

桂枝香　詠蟹，和《江湖載酒集》

西風還又。喜菰米炊香，登高時候。問訊鱸魚歸興，季鷹知否。江鄉水族誰宜晚，爲無腸、甘居雞口。浮生可惜，粒分鸚鵡，穴居培塿。　任吹老、霜花寒荳。奈金剪雙螯，濩湯生受。見説三朝毒霧，頓成消瘦。侯家寒具親教設〔一〕，也勞他兜羅素手。明年誰健，茱萸插遍，共君把酒。

【校】

〔一〕「設」，清鈔本作「説」。

滿江紅　乙丑除夕，余入獄已一週，慨然志感

一笑回頭，似醉裏、醒時不記。窗櫺外、風聲雪影，送愁滋味。今日今年今過了，此身何況南冠繫。又豈知、蹭蹬是天公成全意。　追往事，無憑據。真箇也，都已矣。有江郎彩筆，劉郎才氣。糟粕文章成底用，濁醪滴盡平生淚。便從今、借面向時人，身名累。

小重山　丙寅新正三日，寄内

冷落閒階蓂莢生。料應春已到、舊家庭。泥金小勝寶釵横。初三月、能憶畫眉人。　莫自損精神。鴛鴦歷幾劫、百由旬。知他休假剪刀停。焚修也、並命證迦陵。

羅敷豔歌　病起，即事書情

近來自是於心懶，伏枕觀書。爐火聲嘶。菊葉閒烹當酒巵。　蕙蘭幾箭幽叢發〔一〕，移就窗兒。習性難除。愛潔憐香不算癡。

【校】

〔一〕「箭」，清鈔本作「翦」。

前調

閒眠數盡流光速，烏兔西馳。刻木牽絲。變幻何須怒偃師。　擬將鐵鑄相思錯，爭忍追思。一局殘碁。劫打鴛鴦無盡時。

南鄉子　四不師與余同難，得省釋還山，題畫寄贈

光映碧琉璃。吹上寒煙落照低〔一〕。面面樓臺相對好，淒迷。一點青螺小雁飛。　古刹佛鐘微。

祇悔生涯事總非。莫是慈雲常擁護，金衣。滿月光中悟息機。

【校】

〔一〕「落」，清鈔本作「夕」。

留春令　記夢

今宵酒醒，香魂不放，暫時密意。回夢思量寡情人，能灑得、多情淚。　依約鬟鬟猶減翠。照月明如水。欄角牆頭舊歡場，都不是、蕭條矣。

金菊對芙蓉　獄中至夜

欲雪山川，沍寒時候，知他一線愁長。悄重簾深下，月趓幽廊。星前數遍無情物，孤鴻影、何似鴛鴦。可憐玉漏，催人清夢，不放疏狂。　休題三載迴腸。只藥鑪相伴，書卷相傍。縱歸來重見，見面淒涼。舊交新貴輕離別，知惟有、青鬟紅妝。追隨患難，好教松柏，歷盡冰霜。

金縷曲　贈江都姚安思，時安思論遣瀋陽，諸同人製卷賦別

歷盡真生死。却相逢、一般淚灑〔一〕，英雄兒女。榆塞本非天樣遠，儘有中原風味。算不用、浮名鄉里。總使柴桑乘款段，怕吾曹、髒髒難容耳。兄試聽，得非是。　憐余白骨從新起。罪當誅、天王明聖，眚災不記。自昔才人多命薄，不道兄猶如此。問秦漢、幾家青史。鴨緑江頭江水緑，李陵臺、沙草荒涼矣。千古事，豈如意。

【校】

〔一〕「淚灑」，清鈔本作「灑淚」。

其二

果否從君去。共些時、從容杯酒，舊交新侶。廿四橋頭明月夜，一片愁人心緒。漫回首、故鄉佳麗。但得團圞家室在〔一〕，再生身、作箇商量地。貧與賤，那須計。　當年飲馬長城壘。只吾兄、不宜如我，壯心早已。莫道毛錐非世用，眼底何知程李。且憑弔、琵琶宮女。異域若多紅

荳種，説相思、雁足天邊寄。書未上，鄱陽繫。

【校】

〔一〕「團圝」，清鈔本作「團圓」。

無俗念　戊辰春，題獄神堂梅樹

摩娑一樹，甚紅香、委向敗垣荒草。依舊垂垂生意發，不似巡簷索笑。野雀啁啾，宫蛾寂寞，恐有春難到。仲文老矣，賦成枯樹潦倒。　曾見數瓣嫣然，隔年病起，瘦影清霜曉。而況南冠猶未脱，羡殺桐花雙鳥。東閣孤懷，灞橋清興，好夢今番覺。知他一樣，贈攜天路綿邈。

十峰草堂詞

錢肅潤礎日著　侯晰粲辰輯　華長發商原訂

畫堂春　上巳薛國輔齋中社集，即景用秦少游原韻

千絲萬縷柳梢長。朱簾掩映斜陽。花鬚蜂戀蝶含香。點綴新妝。　爭耐封姨少女，浪吹竹淚飄湘。春光黯淡問衣裳。好費商量。

踏莎行　廣陵桑楚執齋中同杜茶村、鄧孝威、宗鶴問諸子詠杏，和秦少游原韻

隋苑迷樓，曲江問渡。蕪城景色今何處。路人遥指杏林來，春光點染還非暮。　攜手聯翩，此心如素。對花嘯詠觴無數。忽然齊唱踏莎行，依依耐可花間去。

小重山

詠徐用王齋中靈璧石

是處飛來又一峰。何人雕琢就、奪天工。四時風雨氣空濛。硯屏側、疑欲起蛟龍。　蓄石傲坡翁。仇池雖有色、嚮難同。南州孺子樂其中。不須拜、好友願相從。

漁家傲

雨窗同杜茶村即席奉贈，用范文正公韻

舉目山河曾否異。風狂雨驟夫何意。報道卧龍眠欲起。深澤裏。若逢三顧門毋閉。　家在隆中相近里。石頭一望無歸計。終夜唤天還蹋地。渾不寐。直須信到方收淚。

滿江紅

戴耘野高士六十初度寄贈

聚散無常，憶當日、同行攜手。遇知己、探梅尋菊，賦詩飲酒。風月江山都是主，魚蝦麋鹿呼爲友。共陶然、朝夕任逍遥，今何有。　我碌碌，風塵走。君寂寂，書帷守。報初週花甲，中秋時候。翠色方鋪寒府内，紫霞正設同亭右。問素娥、十輩駕鸞來，相逢否。

前調　題金治文秋林詩思圖，和陳伯鵩韻

秋水盈盈，幾回望、海流川曲。誰道是、臣之居也，非舟非屋。之子在焉呼不出，人遐尚喜音毋玉。待書成、萬卷映縹緗，登芸局。何必種，王猷竹。何必采，陶潛菊。但楓林欇欇，聲和琴筑。醉後厭尋槐穴螘，夢來懶覆蕉湟鹿。任優游、永日以忘年，唯君獨。

前調　題江上外史小影，贈荆默庵，時默庵爲江陰學博

浩浩洪流，到今日、波恬浪息。看一帶、雲煙黯淡，翠峰屏立。漁艇舠舟浮水面，鷗汀鶴渚群飛出。坐江頭、把卷獨長吟，情脈脈。貌嚴重，神飄逸。氣沉雄，才宏碩。本玉皇香吏，金鑾仙籍。暫向江干稱外史，品題山水無諛筆。論人物、上下幾千年，延陵一。

前調　題徐用王躬耕圖，和余廣霞韻，是歲值大水

拍浪天浮，柴門外、江濤新漲。經水道、平添數尺，幸而無恙。荷鍤也須耕月下，帶經却慣鋤

雲上。看載筐及筥自南來，伊誰餉。　瞻緑野，清波漾。樵父泣，漁翁唱。羡龐妻作黍，陶公成釀。曳索有時還著屩，挂錢無事將攜杖。問徐孺、稼穡近如何，圖難狀。

松風夢　王丹麓有書懷詞，索和却贈

當醉欲眠，遇飢求食，隨緣最是便宜。羡爾高人無繫，悠悠將任其之。咫尺西湖，看白蘇隄上，雨過紅肥。　松風一卧，不爲蟻夢，定是柯棋。覺後茫然有失，惟聞鶴怨猿啼。急起披衣。接洞簫舒嘯，斷送嗔癡。

喜遷鶯　和陸薹思四十初度，原韻奉贈

風塵馳逐。歎時物遷移，新紅故緑。過隙如駒，流光似電，那曉醉多醒獨。達人自能忘世，守己居然爲谷。報初度，正青陽方轉，豈因年蹙。　薖軸。羡我友，獨寤寐言，不受北山辱。詩就長吟，興來清嘯，却喜林間多竹。鴻漸杜門茶飲，魯望乘舟書束。趁良會，好追芳前哲，逍遥雲麓。

前調　題荆溪小隱圖，贈林天友别駕

荆南山麓。看煙樹蒼茫，層樓疊屋。中有高人，呼之不出，共説其人如玉。陽羨茶真可愛，九里水原非濁。暫棲住，任逍遥容與，爲盤爲谷。　不俗。算自昔，宦隱名流，爭向溪邊宿。杜榭猶存，任臺在望，山爲蘇公稱蜀。君復結廬到此，恰爾追芳齊躅。是圖也，置五雲罨畫，平添一幅。

念奴嬌　送陳其年歸荆溪

君才如此，是天生人物，從來希有。屈宋于今成鼎立，子建平分八斗。匹馬燕臺，聯鑣菟苑，賦出爭傳口。烏絲新調，傲他秦七黄九。　憶昔意氣拏雲，文章騰焰，直唾功名手。此日雄心猶骯髒，每對青天搔首。俄上龍山，尋過鴻水，訪我煙霞友。來朝歸去，且傾今夜杯酒。

前調　戲爲九龍與九煙問答詞，時黄九煙有九峰與十峰相謔詞見贈

吾儕龍種，任峰頭箇箇，騰雲興霧。頃刻飛煙成九點，好似星羅棋布。公亦猶人，安能多口，噴出煙無數。攄詞掞藻，恐徒然拾餘唾。公乃大笑而言，神龍無首，豈若君浮露。五嶽層層方寸起，筆底千山奔赴。爲雨爲雲，霎時驟至，惹得天公怒。九峰群服，從今願結心素。

百字令　贈黄珍百，時珍百爲安仁令歸

近來彭澤，賦田園歸去，陶然身逸。百本沅蘭當五柳，興到吟詩摇筆。二仲尋盟，三高作伴，山水之間出。天然性癖，不堪豈爲多蝨。曾記結縞家鄉，聯鑣京里，異地情偏密。陽羨風光君占取，招得九龍人一。玉女潭遥，張公洞窈，何處堪容膝。松濤聲徹，可能假我仙术。

前調　贈徐竹逸

金鑾仙品，歎遭逢不偶，竹溪同逸。興到淋漓揮翰墨，急起臨泉浣筆。寄傲琴書，陶情山水，

風雨何妨出。飄翩塵外，笑時人處褌蝨。聞説遊宦滇南，碧雞金馬，峰嶂何冥密。攜取煙嵐歸正好，掩映荆南如一。水榭風清，琴臺雲繞，在在堪容膝。茶香櫻熟，不須海上芝术。

前調　和史蘧庵太史見贈原韻

孤蹤清節，任高飛遐舉，龍潛雲逸。國破家亡何所有，剩得董南真筆。大義君臣，同心兄弟，忠孝由中出。逍遥塵外，歎時人似沙蝨。何必天子書門，有司供直，始可稱華密。聞説荆溪風土厚，好借城邊廛一。老嫗情親，東坡住穩，終日吟摇膝。俄傳唐貢，産茶更産芝术。

前調　贈曾青藜誕日，和杜茶村韻

頻年作客，記長安花市，燈樓常共。自過蘭陵懸百里，但聽鳥鳴鶯哢。嵇吕相思，張高迷路，做得尋朋夢。朝來至止，銜杯爲爾情重。　正是月貫精陽，節逢天貺，天上紅雲動。報道麒麟生此日，孔氏元來親送。沂水清風，嘉祥正派，流向江西縱。傳家畫省，到今應有池鳳。

前調　祝徐學士母顧太夫人壽

玉峰葱翠，看涓涓秀氣，迴環東海。虎躍龍驤群説道，徐氏門庭踵起。兄弟同朝，三人學士，鼎鼎何其美。高堂有母，教成時至于此。　昔年迎到京畿，崔邠親導，樂也榮無似。今日潘安輿復御，好向家園周視。或泛西湖，還遊天竺，一子常依矣。五雲多處，望南山更光彩。

沁園春　題丁葯園采芝圖

我見丁君，太白東坡，疑其後身。奈花箋甫賜，空承主眷，金蓮方照，徒歎卿文。儋耳蒼茫，夜郎慘淡，萬里歸來故國春。那堪羡，羡吴山越水，做散仙人。　一朝厭棄風塵。向何處、桃源去問津。念高車駟馬，其憂甚大，幽林邃谷，此樂爲真。采者芝歟，綺園安在，共説皤皤入漢廷。君行矣，恐圖形徵訪，正具蒲輪。

前調　題袁重其負母看花圖，和紀伯紫韻

循彼南陔，厥草油油，北堂在前。覩穿簾舞燕，棲簷宿鳥，夕來朝去，娱悦高年。陸績思親，仲由孝養，橘可懷兮米負肩。真堪羡，喜慈顔如舊，兒鬢初斑。　婆娑地上金仙。看膝下，蹁躚樂事全。正薰風池館，端陽佳節，葵榴滿放，楊柳三眠。絹拂鵝溪，筆推龍爽，點染韶光景更妍。留題遍，想萊衣戲彩，曠世同傳。

惜餘春慢　和徐竹逸花溪即事韻，却贈

乘興尋芳，晴絲不斷，忘却春光將老。爭傳茂苑，花事瀾翻，怎耐一天風掃。齊女門前有園，白白紅紅，不知多少。更輕盈楊柳，緑陰深處，暗藏蘇小。　入門後、亭閣參差，遊人稠沓，總向花溪喧鬧。幼輿獨坐，丘壑增妍，燕語鶯聲俱好。整日揮毫賦詩，把酒論文，二三年少。取陽春曲送春歸，春色依依迴繞。

洞庭春色　送華吏部鳳超公入華孝子祠

我過堂前，一翁危坐，凜若明神。看頭顱如雪，居然總角，丰容柔孌，未琢天真。俄報一翁堂下至，儼肅肅峨冠博帶身。群相羨，是先朝故老，當代完人。　溯源厥惟曰孝，孝子後更有忠臣。歎髮膚頂踵，皆君之賜，全歸全受，且慰吾親。國破君亡何所有，留一髮、聊將挽萬鈞。那知後日，祠壇配祀，俎豆莘莘。

滿庭芳　送湯中丞潛庵公入東林道南祠

舊院東林，滄桑陵谷，翻雲覆雨方晴。一朝營造，捄度也陾薨。麗澤規模整肅，祠堂內、丹雘梁楹。驚相告，俄傳檄至，不日報功成。　丙寅夏四月，中丞北上，迫趣王程。過林間停轍，講道楊亭。今歲戊辰春日，雲旂風馬忽來迎。到門後，龜山降席，促膝話平生。

水調歌頭　秋夜懷陸藎思司鐸東甌，用蘇東坡原韻

華蓋山高矣，渺若洞中天。容成曾許相見，會面在何年。我欲乘風訪道，只恐丹臺石室，爐竈已灰寒。此日空惆悵，盼望斗牛間。　謝巖上，春草夢，白雲眠。臨流一鏡，笑看池水璧同圓。時有春秋冬夏，教有詩書弦誦，樂事總稱全。今夜江心裏，月色正娟娟。

栖筠詞

湯焴鞠劬著　侯晰粲辰輯　潘拱辰遠亭訂〔一〕

【校】

〔一〕「潘拱辰遠亭訂」，清鈔本、雲輪閣鈔本皆作「杜詔紫綸訂」。

點絳唇　金蓮池，和慧山新詠

微笑拈花，前身最憶金蓮品〔一〕。清池片影。波動禪心靜。　無數香風，散作栴檀境。花如靚。枝交蒂並〔二〕。莫入紅塵陣。

【校】

〔一〕「金」，清鈔本作「青」。

〔二〕「蒂並」，原作「並蒂」，據清鈔本、雲輪閣鈔本改。

臨江仙　碧梧井

河漢迢迢秋夜永，碧梧影斷溪煙。紙窗斜映月娟娟。數竿新竹粉，一枕舊山泉。　自是蕭疏孤館寂，轆轤聲轉涼天。幾行雁影落尊前。山空人跡少，松老白雲連。

唐多令　竹影

冷翠積蒼茫。涼雲覆石牀。影疏疏、移向東牆。客裏孤眠愁未穩，分月色、隔僧房。　誰與問篔簹。幽人過草堂。伴閒吟、敲響琳瑯。借問湘娥幾點淚，斜陽外，夢魂長。

清平樂　石橋明月

尋常閒步。素影當空墮，聞道仙人修玉斧。看盡小橋煙霧。　笙歌夜半樓頭。松風響入泉流〔一〕。莫負此番明月，人生幾度清秋。

【校】

〔一〕「泉」，清鈔本、雲輪閣鈔本皆作「山」。

浣溪沙　檻泉

古澗深深注碧泉。慣於曲徑伴雲眠。幾番花影落溪邊。　無奈春風流宛轉，爲愁秋雨去遲延。攜琴獨坐聽涓涓。

太常引　古寺鐘

煙雲深處定禪燈。松雨滴聲聲。何物最關情。聽五夜、敲來重輕。　生公石上，天花玉屑，誰與解前因。數盡幾殘更。便寒到、梅花夢醒。

浪淘沙　夕照

日影又横西。草色迷迷。野航歸罷夜烏啼。漸漸蘆花分月白，畫角聲淒。　流水繞村低。閒掩柴扉。青楓翠竹隔山溪。溪上樓頭香乍暖，篆靄霏微。

菩薩蠻　松石

深山止許袁安卧。荒苔久共殘碑墮。拂拭石牀新。廬山面目真。　閒雲依古樹。待月敲枰處。一片夜涼生。松濤入夢清。

前調　蒙陰曉發

曉風吹處微雲度。隔蹊桃李花無數。匹馬促車聲。青州第幾程。　山深煙靄重。消折江南夢。夢斷小樓前。烏啼月半天。

驀山溪　山居寄友

碧天微露，洗却山容淨。畫舫漾春波，儘踏遍、小橋幽徑。風風雨雨，恰又近清明，柳初匀，花未醒。一片煙雲暝。　尋芳載酒，分袂曾相訂。曉雨濕長隄，望平原、霧中掩映。松濤響處，流水奏無憑，待新晴，心期定。月色還攜贈。

卜算子　寒食

極目柳條青，雨滴驚花睡。幾處春鶯不肯啼，閨夢渾如醉。　但聽竹敲風，空憶晴光媚。五侯池館舊寒煙，芳草王孫淚。

少年遊

清溪曲曲鎖輕煙。新柳挂隄邊。香徑人稀，小桃開處，啼鳥伴春眠。　陌上遊人逐畫船，波光分外妍。古渡漁歌，隔林玉笛，聲繞碧山前。

踏莎行

宿雨初收，日光微透。遥望得水明山秀。隔牆小杏倚東風，輕盈如綺難教繡。　細柳牽衣，落花粘袖。可喜是清明時候。誰家遊女過溪頭，秋波不似春波皺。

前調　夏木囀黄鸝

香徑塵飛，芳郊霧捲。溪橋樹色陰陰見。東君不解惜殘紅，低聲喚落花千片。翠葉藏嬌，疏枝隔面。清喉暗拍行人扇。攜柑載酒聽多時，斜陽小影來深院。

玉樓春

畫梁寂寂栖雙燕。珠簾半隱芙蓉面。樓上輕彈一點脂，庭前已謝花千片。青梅綻了慵針線。牡丹開也鶯聲倦。舊寒新暖不勝愁，曲檻小屏常倚遍。

醉春風

窗外鶯聲碎。池上垂楊媚。愁多不耐亂紅飛，醉。醉。醉。錦瑟輕彈，玉箏頻弄，又添憔悴。花氣凝人袂。香冷催人淚。春深何事欲關情，睡。睡。睡。露重煙濃，雲微月澹，夢魂誰寄。

虞美人

荼蘼架上香初透。戲蝶驚花瘦。捲簾不覺日初西。試問隔林好鳥、爲誰啼。　盈盈剩緑迷前浦。但見流鶯過。知心同醉小窗前。只恐酒醒時候、不成眠。

玉蝴蝶　初夏

望處槐陰初暗，重門晝掩，鳥語悠然。日永風和，教人兀坐如年。小庭空、榴花照眼，深院静、竹影横肩。興蹁躚。蜂遊檻外，蝶戲籬邊。　誰憐。紅稀緑剩，韶光易改，佳景徒延。無計消愁，匡牀聊自抱琴眠。聽鳴蛙、池塘夢遠，看舞燕、綵縷情牽。夕陽天。飛飛柳絮，散散榆錢。

減字木蘭花　中秋

何須瓜果。烹取新茗偏耐可。月照樓頭。一様清光兩地秋。　深深院宇。願與玉郎攜手去。笑問姮娥。誰處笙歌夜半多。

木蘭花慢　長安五日

望關山迢遞，驚入夏、轉淒其。想芙蓉湖上，東風飄泊，蝶舞花枝。羈遲。等閒瞥見，甚蒲梢荇葉動離思。應是金臺浪跡，箇中冷暖誰知。　算來旅況盡如斯。底事亦驅馳。看夕陽古寺，疏簾禪榻，鬢影絲絲。躊躇。無端惆悵，問今宵誰與拂愁眉。共説紅顏易改，從今須定歸期。

摸魚兒　秋雨

喜今日、和天煙霧，依稀水連花塢。入秋長怕砧聲早，何事雨敲篷户。秋將午〔一〕，最好是、風吹丹桂花方吐。冷香微度。任梧葉蕭疏，芭蕉滴瀝，四壁蛩聲楚。　長門事，不道佳期又誤。誰説衡門可杜。金臺駿骨埋無數，一片壯心塵土。君試覷。熱烘烘、炎威有幾涼如許。閒愁萬縷。便學得陶朱，種竹養魚〔二〕，生計終遲暮。

【校】

〔一〕「午」，清鈔本作「半」。

〔二〕「種竹養魚」，清鈔本作「養魚種竹」。

金縷曲　題吴子元出兵圖

厭見旌旗色。想當年、指揮百萬，臨江横戟。帷幄從容如覆掌，蟻視眼前雄傑。那更羨、江郎綵筆。作賦登高懷往事，看煙雲、舒卷鯨鯢泣。關塞外，秋風澀。　芙蓉劍匣同誰惜。倩侍兒、攜觴捧硯，良宵隨立。金鎖緑沉閒不用，掃却江東烏合。又何須、親臨沙石。磐固功成原帶礪，溯英姿、直壓凌雲客。千載後，人傳識。

前調　題煉丹圖

試覓崆峒窟。學長生、採芝服术，如萍踪跡。鑄鼎荆山仙去後，豈羨瓊漿玉液。又蚤見、桂黄榆白。雞犬淮南要是妄，笑不如、美酒紅顔益。英雄氣，藏胸臆。　韶光轉眼成梳擲〔一〕。看沙場、投鞭躍馬，依然風日。叱咤雲雷驚海甸，回首天涯月黑。只多少、壯心豪骨。不朽何當身欲退，望蓬萊、咫尺乘鸞入。真幻影，煙霞色。

【校】

〔一〕「梳」，清鈔本作「梭」。

望湘人 端午

乍榴花照眼，令節又逢，此際悲歡相半。舞燕將雛，流鶯漸老，幾度韶光長短。碧艾懸門，綵絲繫臂，誰家濃暖。憶昔年、湘水離騷，曾共今宵愁怨。　須信朱顏易換。奈才慚蒲柳，君門終遠。似放浪無憑，盡日理殘書剩簡。嘯傲九龍溪畔。豈羨管絃庭院。衹須飲、一盞葡萄，不覺松窗夢晚。

撲蝴蝶

繞徑穿籬，儘做輕模樣。尋芳何處，也歇花枝上。玉樓捲幔爭看，畫閣停針羞向。去去來來，怎惹春心漾。　閒來獨自悄步，空階添愁況。紈扇輕搖，人與風飄蕩。花魂幾度全消，香夢憑誰一晌。分付紅兒休放。

念奴嬌　讀家伯卿謀《湘中草》

古今如夢，怨天公、偏把才人摧折。花草吴宫腸斷處，還記少年詩傑。掩卷淒然，遥憐佳句，淚染青衫濕。哀絃一曲，那堪吹入横笛。　更思劍佩蕭蕭，夜臺秋雨，冷落荒齋客。欲覓吟魂人不見，空望玉樓長揖。我亦多愁，廿年貧病，消受寒窗月。西風沉醉，定應哭倒長吉。

秋夜月

竹梧深院。紙窗疏，花徑曲，銀蟾清淺。夜漏沉沉，冷浸碧雲一片。舞霓裳，歌白紵，不禁清釃。排遣、又聽隔牆簫管。　光陰如箭。少年場，多薄倖，贈遺紈扇。雪臂金釵，幾向月前祝願。願年年，中秋夜，月明星滿。聯吟、同醉推窗重看。

蘇武慢　春半社集惜軒

棐几書横，疏簾日淡，零亂杏花千片。鞦韆影裏，小燕歸來，正值可憐庭院。幽情無限，夢破雲屏，却被晚風吹斷。喜東牆細柳，青青依舊，黄鸝高囀。笑生平、潦倒蓬窗，韶華易邁，不盡杜陵悲怨。那堪重記，乍暖輕寒，日聽子規頻唤。險韻哦成，欣逢良友，檢點殘詩盈案。只怕他、開到酴醾，盼殺年年春半。

滿庭芳　夜坐

新月微明，淡風輕剪，移來花影多情。鐘敲林外，幾許暮煙横。誰道輕寒點破，怕黄昏、又是淒清。堪悲憶，西樓舊夢，可也到閒庭。　凭欄高望處，蒼茫一片，萬籟無聲。漫攜尊獨酌，沉醉三更。回首邯鄲古道，當年事、屈指堪驚。愁腸轉，聽殘畫角，燈火夜初醒。

風流子　秋日志感

半生愁病裏，封侯夢、原是解無聊。憶李賀奚囊，怨凝秋雨，江淹彩筆，恨逐春潮。傷心處、詩魂吹月淡，劍氣入雲高。知己談心，相逢今夕，西窗剪燭，重約來朝。　幽懷千古事，笑疏狂依舊，浪跡難招。讀破殘書幾卷，空費推敲。看長安道上，誰憐鼓瑟，茂陵歸去，孰辨題橋。況又金風飄泊，冷落青袍。

澹雪詞

顧岱止庵著　侯晰粲辰輯　司馬龍藻雲五訂

望江南　競渡

晴波轉，綵鷁似飛虹。緑浦笙歌香爛熳，碧窗羅綺髻玲瓏。花酒待薰風。　煙柳外，斷翠更停舟。光景繁華須記取，三閭休説舊時愁。遷客正淹留。

其二

蓉湖好，令節值端陽。蒲盞緑浮隨畫舫，龍舟綵勝映長楊。士女共風光。　無限恨，度曲復停卮。廿載關山春夢別，榜人高唱似當時。空老虎頭癡。

六幺令　消夏

輕陰快雨，館榭消煩燠。簾幕靜遮日影，展簟敲棋局。聽得茶鐺蟹眼，磁碗盛新緑。雄譚拂玉。焚香開卷，時對庭前萬竿竹。　疏窗冰雪羅列，件件清心目。荷葉翠共蘭芽，苑沼凫初浴。忽見月鈎斜挂，且唱臨江曲。青雲休卜。涼風乍起，醉看龍山暮歸犢。

百字令　有感

把杯長嘯，記當年、曾看沙場斗印。莫訝時流宫樣巧，還寄鳳臺芳信。四座賓朋，五陵誰少，肯讓平原飲。繁絃急管，醉鄉裏倩君聽。　憶得猥芋山中，摘花籬下，高枕滄洲穩。回首天涯方歇脚，又道潘郎白鬢。只爲多情，碧闌干好，風景頻頻進。更何勞晝，錦堂靈芸道藴。

前調　贈錢礎日先生

煙霞滿眼，訝文壇酒會，幾人超逸。甪里先生誰似者，卓冠龍山文筆。萬頃湖光，九峰雲岫，自有清流出。樓臺鼎鼐，井中蛙褌中蝨。　應共煮石藤蘿，餐花明月，福洞蒼巒密。笑殺塵寰空擾攘，不數名泉第一。指點星辰，推移甲子，獨抱南陽膝。行歌採藥，仙童醉負苓朮。

前調　贈震修長兄

詞壇飛將，憶蘭亭、却是永和人物。記取碧山吟社裏，曾共登峰驀壁。皂帽黄衫，素箏濁酒，高會笙歌歇。蒲團佛火，多君塵外仙骨。　休將舊恨重題，盱衡今古，下第劉蕡隻。薄宦天涯相對影，閒煞武林風月。半世青燈，三生白眼，老至情尤切。只應沉醉，梅花片片飛雪。

臨江仙　邸寓

望斷江南書片紙，春風細柳新吹。僧房靜悄雨絲絲。閒愁別恨，莫和隴頭詩〔一〕。　夾袋却攜迴錦字，夢魂時到西溪。東臯花竹倍情癡。曉鐘月落，常喜鷓鴣啼。

【校】

〔一〕「詩」，清鈔本作「書」。

洞庭春色　慰渭若弟〔一〕

仙家瀟灑，達士風流，不因人熱。算玉堂鵷鷺，雲臺棨戟，盡道奇逢，何關賢哲。須知缺陷滿乾坤，看五陵裘馬頭如雪。試領略，穀雨鶯花，殘春百舌。可憐身世浮萍，誰會悟吞針嚼鐵。且輞川鹿柴，清泉翠竹，醉聽芭蕉，如何高潔。才人造物總猜疑，縱李杜詞華浪摧折。便應更，慕乞米淵明，虎頭癡絶。

【校】

〔一〕清鈔本詞題作「慰渭若下第」，雲輪閣鈔本詞題同，惟「第」作「弟」。

滿江紅　京邸

禁苑鶯花，全不是、故園春色。還憶得、西湖煙柳，南村紫陌。香噴梅梢三十里，攜琴訪妓旗亭側。問前溪、歌舞是誰家，方舟歇。　驪駒發，柔腸滅。離人恨，從頭説。看黃河滚滚，杜鵑啼血。沙土晝迷鳷鵲觀，雲鬟淚灑銅駝月。算歸期、酌酒向長椿，征帆疾。

前調　歲暮感懷

長嘯登樓，空悵望、月明三五。忍看得、殘冬雨雪，送君南浦。客緒如絲何處好，癡情似我真耽誤。笑西陵、深曲一愁人，迷前路。燈影盡，花無那。唾壺缺，杯堪數。縱彼蒼可問，幽懷難訴。敝盡貂裘羞季子，風吹皂帽慚漁父。買吴綾、倩妓繡平原，增悲楚〔一〕。

【校】

〔一〕「悲楚」，清鈔本作「淒楚」。

前調

薄命蕭娘，怎消受、花晨月夕。曾記取、紅鸞錦帳，淺斟時節。角枕夜欺鴛夢冷，雪花曉趁愁雲碧。待憑他、舊曲與新詞，風吹急。僕本恨，腸難結。天欲殺，歡須別。又鶯啼隔院，助人嗚咽。柳入嚴霜生氣盡，雁飛寒浦蘆江闊。把情魂、酌酒酹錢塘，潮聲澀。

前調

傀儡登場，且休問、榮華憔悴。每靜數、晨鐘暮鼓，獨醒無睡。離合何端俱是幻，悲愉有意都堪醉。聽飛鴻、徹夜叫殘霜，秋心碎。　非與是，誰長在。恩和怨，空相對。看眼前游戲，終宵百歲。絶塞漫留青塚恨，江州空染紅裙淚。望孤山、石屋卧麒麟，真無謂。

天香　第一體　山居自述

月冷芙蓉，霜飛杜若，生涯却似秋草。小築江蘺，淺編茅舍，掩映竹枝多少。幽懷誰訴，笑桃李春風絶早。菊徑松溪，只曲水遠山圍繞。　漉酒選香娱老。碧闌外、亂雲啼鳥。且放下閒悶，暫時歡笑。又看癡兒覓句，訪幾箇山人恣搜討。共道蝸名，不如歸好。

金縷曲

世事真蕭瑟。没來由、名場傀儡，悲愉得失。春色催人人易老，閒煞眼前風月。却自笑、妄從緣入。讀罷楞伽消一切，坐焚香、頃刻如冰雪。尋花去，銜杯説。英雄從古多磨折〔一〕。也應知、黄粱夢覺，三生夙孽。恨灑長江流不盡，付與寒雲秋葉。須回首、神仙提挈。綸閣金門何日了，聽晨鐘、驚起煙霞客。休辜負，東山屐。

【校】

〔一〕「從古」，清鈔本作「自古」。

沁園春　寫懷，和孫薇園韻

九天風月，萬里江湖，何處飛來。數事業伊周，文章班馬，功名絳灌，竟已焉哉。歲序如梭，韶華曾幾，不見江南庾信哀。莫留戀，羡將軍樓閣，光禄池臺。　收拾禪心死灰。羡疏廣、高踪元亮才。遇松雲徑闢，長歌遣興，春花雨過，短棹低徊。無限煙波，最深庵寺，縱我清狂换俗胎。休輕擲，此青山緑水，放眼心開。

滿庭芳　九日

葛嶺丹楓，鏡湖黄葉，眼前風月偕清。層巒淡翠，僧院隔紅塵。謾説高幢五馬，空牢落、白鬢餘生。湖心外，飄摇疏柳，漁艇野煙横。　憶孟嘉落帽，題糕射雁，快事誰尋。覺茱萸醉把，祇益酸辛。坐歎雄心灰冷，煙霞洞、千尺霜筠。且進酒，青娥一曲，白眼笑雙旌。

疏影　九日，西湖

秋光何際。鎮空濛一抹，蟲蟲聲裏。幾夜風凄，病葉萎蕤，懶懶耐寒難起。西湖夜月曾題句，隔一歲、又重陽矣。只登臺作客，年年潦倒，如斯而已。　恰恨添來白髮，似紅黄染翠，冷楓霜柹。飲我毋多，容易疏狂，那更愁心如醉。仙人七七今誰處，仗吹轉、春花滿美。儘鄴侯勳業，蘇子才情，彼丈夫耳。

漁家傲　贈友

夾岸蘆花秋水碧。長江楓葉霜花白。小艇中流如駛疾。人寂寂。鄂君繡被乘帆急。　日落柴門桐百尺。故園松菊遲歸客。有酒一罇書一笈。聲唧唧。煙波釣叟吴民則。

東風第一枝　送陳大鍾之粤西

緑草初柔，紅香未落，征人忽訂新約。鷓鴣啼罷湘江，行李早攜琴鶴。長安夢斷，誰喚起、曉來青鵲。問東風、驢背吟成，春滿柳溪蓮幕。　男兒志、蓬弧如昨。英雄淚、酒懷不薄。放舟飽看青山，勒馬醉調金絡。飄零書劍，伴送箇、機雲入洛。是何年、重理輕橈，再訪五湖鈴閣。

謝池春　東皋即事

爛醉東風，細看暮雲歸鳥。利名韁、癡人絶倒。菊籬松徑，又春光繚繞。選名山、故鄉堪老。　層巒草閣，天上人間都好。賦歸來、三生可了。曉窗冰雪，聽鶴鳴林表。總關情、付之一笑。

燭影摇紅　可亭即事

嫩緑浮天，可亭一曲春陰淺。侵晨坐隱碧池頭，有客攜嘉宴。小閣湘簾乍捲。畫圖間、西林北苑〔一〕。浣花深處，月漾爐煙，恰宜絃管。　幾陣香飄，霎時亂灑千紅片。天宫飛墮董雙成，三徑雲鬟滿。莫恨情絲未斷。闌干外、鶯啼漸遠。幽窗逸韻，半幅修篁，數聲歸燕。

【校】

〔一〕「苑」，清鈔本、雲輪閣鈔本皆作「院」。

前調　重葺東皋，同諸弟作酒社，次張功甫韻

翠閣初新，柳梢煙暖晴絲裊。香篆茶聲透碧紗〔一〕，細雨生芳草。曲檻斜廊低小。訝今年、鶯啼甚早。雪爭梅萼，石架荼蘼，接連開了。　好景離迷，怎教獨對名花老。酒兵棋局會群仙，坐立西園悄。品竹彈琴都曉。鬬詩詞、爭妍長嘯。客歸深夜，月轉冰壺，鶴鳴瓊島。

【校】

〔一〕「荼」，清鈔本作「蟲」。

風入松　客過莊夜話

碧雲無暑解愁眉。燕乳鳩啼。小齋靜僻深林悄，好朋不負心期。池内新荷將放，山中香岕來時。

夕陽初下各忘歸。月到柴扉。扁舟載酒漁歌晚，留連止水湖西。梵寺遠鐘聲杳，南橋煙雨重題。

洞仙歌　送秋屏姪入都戲柬

雲連麥隴，想金鞭揮汗。青簟疏簾鎖深院。繞黄沙、古岸月影依人，眠未穩，茅店雞聲歷亂。別離重握手，晝槳無情，遥望仙槎上銀漢。試問是何時、節已端陽，菖蒲勸酒年光换。幾搔首、關山雁獨飛，却冷落檀郎，怕看雙燕。

應天樂　五月喜雨

麥秋時，乍暑正角。解蜩鳴，楊梅初熟。竹枕冰紈，野外紅輪如蔟。片雲頭上黑，灑萬石、田家珠玉。清晝永，看插禾秧，各驅新犢。　花草都沾足。便箬笠青簑，更何拘束。老懶生涯，遯世不妨耕讀。癡人抱甕意，仔細想、神工能速。誰領受，千頃波光，一犁澄緑。

漫遊詞

唐芑燕鎬著　侯晰粲辰輯　王起球繼遊訂

漁家傲　十二月山家詞，和錢舍人葆酚、董孝廉蒼水

石徑春生殘豔雪。山邊一曲溪流活。瓶漾梅花隨意折。和風拂。蓬門也寫王正月。　鑪火撥紅茅屋熱。南窗雜坐還披褐。韭茁芹芽爽口物。香醪掇。村莊兒女團圓節。

其二

錦樣韶華看又半。藥畦蘭砌頻澆灌。一夜漲添春水岸。持竿便。魚兒釣得楊枝貫。　遠近花香攜榼看。踏青有約年年慣。沉醉歸來斜照晚。閒庭院。睡濃只覺人情懶。

其三

最喜桃花春雨足。曉來手自分籬菊。流水潺湲鳴澗曲。驚飛瀑。荷錢疊水紋成縠。一院落紅飛燕蹴。迸泥筍長琅玕竹。好鳥看看來布穀。聲聲促。櫻桃豌豆同時熟。

其四

浴蘭抽絲逢穀雨。鄰家忙殺蠶桑婦。粉籜新篁解滿塢。緑堪譜。焙茶石竈香生户。血染杜鵑紅欲吐。酒筒茗椀抽書賭。麥薦嘗新初夏序。看漁父。斜陽小港横施罟。

其五

榴火晝明葵豔吐。緑陰小院逢端午。箬葉清芬炊角黍。山深處。蛙當鼓吹飜成部。揮羽半酣筇杖拄。軒窗不斷黃梅雨。樾蔭送涼冰簟伍。茶煙舞。幾看鶴夢松間取。

其六

蟬咽新聲天暑酷。北窗一枕忘三伏。隔院高槐環舍竹。花香簇。池蓮雨過如新沐。　借得離騷隨意讀。頭科足跣惟吾獨。願得牀頭酒盈斛。人間禄。蒸梨晚食何須肉。

其七

炎暑纔收流火見。井梧一葉驚秋苑。天際鱗文雲片片。涼侵面。仰看烏鵲填銀漢。　紫芋紅菱香乍薦。山家風味元稱善。四野砧聲猶未遍。鶉衣綻。芰荷可製强於絹。

其八

天外清光流顧兔。香舒叢桂飄鄰圃。秋逼年華期不誤。前山路。翠微深處迴徐步。　薜荔牽風寒乍遇。亂蛩石罅吟清露。醉月飛觴吾志素。美無度。兒童恰讀秋聲賦。

其九

秋老衣裳寒色透。斜風細雨交重九。籬菊花開移户牖。持杯酒。雁聲飛過山窗右。　秫稻登場盈數畝。離離橘柚香堪剖。蕩漾湖光峰影瘦。輕霜候。楓林葉老紅顔驟。

其十

種得寒菘山圃茂。官租不欠秋收後。上甕香騰新釀酒。君知否。霜天紅日三竿透。　矮屋數楹茅草覆。小窗曖曖陽和逗。墐户綢繆塞向又。棉衣授。冬來温飽妻兒彀。

其十一

奕奕奇花飛六出。簾前飄灑疏還密。榾柮地鑪圍斗室。凝眸白。方圓到處成珪璧。　曉起松齋呵凍筆。千山玉琢供吟臆。俗慮塵襟烹茗滌。添寒色。山茶紅映經霜橘。

其十二

曝背茅簷披布衲。心閒歲晚無紛雜。比屋柴扉常晝闔。梅香洽。倦眠紙帳容身榻。　一任山溪冰盡合。瑶林瓊樹風吹立。芋栗慢煨燒短蠟。整肴榼。聲聲爆竹除殘臘。

踏莎行

煙冷寒鑪，月窺簾幕。繞枝驚起南飛鵲。可堪孤館閉清宵，雁鴻聲度燈花落。　絮被初温，風飆又作。更長數盡分明柝。破愁未破夢難成，鬢絲莫怪霜花薄。

前調　送春

蝶翅晴翻，柳綿晝颺。黯春欲去堪惆悵。身如萍梗滯青丘，故園花鳥知何狀。　無計能留，有情莫諒。雕欄芍藥看將放。漫拈不律送春歸，東君應惜人貧況。

轉應曲

蟋蟀。蟋蟀。秋老淒吟轉切。蕉窗月白横鋪。愁對銀檠影孤。孤影。孤影。露下單衾初冷。

浪淘沙　集唐

何處聽吹簫岑參。晨往東皋王維。長干道上落花朝韓翃。身過花間沾濕好杜甫，冒雨相邀駱賓王。不覺醉歸遥張嘉貞。歲月其滔王勃。當時歡向掌中銷李商隱。回望玉樓人不見周由，瞥見紅蕉韓偓。

如夢令　集唐

世事不同心事劉禹錫。去歲暮春上巳白居易。重約踏青期韓偓，西望情人早至韓翃。至矣。至矣《會真記》。繡領任垂蓬髻杜牧。

菩薩蠻　集唐

山川無處無歸路張籍。不宜此際兼微雨韓偓。長似寄相思駱賓王。吟君別我詩曹鄴。清明寒食好韋應物。羞被桃花笑岑參。爭看玉人遊李頎。珠簾百尺樓韓翃。

臨江仙　送玉坡馬夫子南歸

頓足營丘春莫矣，刺蘗黃萼方開。芙蓉幕底偶遲徊。心旌南北路，惜別欲盈腮。血淚三更悲杜宇，情深風木生哀。穆陵遥望白雲堆。鶯花無與共，山水倩誰陪。

其二

屈指春歸來稷里，縶維一榻西楹。小窗日暖客淒清。曉風傳鶴唳，宵雨咽鼉更。轉瞬時光逢浴佛，玉鞭又指遄征。滹沱波險井陘横。萍踪隨浪遠，星劍作龍鳴。

桂枝香　戊午初度，呈劉少府鍾原

鬢霜堆白。竟浪寄萍踪，他鄉旅食。玩月纔過節後，恰逢今日。棲遲却在鄘南地，想金臺、去秋此夕。主情深重，綺寮酒醴，銀燈肴核。　歎馬齒、忽加又一。更剪燭西窗，數敦前席。椒醑盈樽，醉我衰顔生色。人生滿百無多見，已年同陳情李密。雨聲簾外，蛩聲榻畔，枕酣忘客。

浣溪沙

海氣來時夕雨成。小窗重疊緑蕉聲。教柔腸與客懷盟。　剪却燈花催短夢，燒殘心事怯長更。愁添絲鬢不勝情。

月中行　聞箏

坐殘斷續麗譙鐘。霜月媚簾櫳。秦箏巧按小牆東。曲度六幺紅。　想夫銀甲誰言冷，輕撥似、鶯舌潛通。奈何輒喚雁鳴空。好寄與秋風。

南柯子

歲近烏飛疾，宵分蠟淚流。紙窗生白月光浮。無奈冷風、掀樹鬧枝頭。 夢去層城迴，醒來單枕羞。山雞喔喔帶更籌。攪亂一生、愁緒在高樓。

惜秋華 九日擬登妙光閣，不果，寄馬桂海及家季喬伯

嘹嚦飛鴻，橫晴天、似吐悲秋懷抱。懶上層樓，傷心暮煙斜照。更落葉滿階，風掃殘蓼，當軒雲擾。憑高處、誰稱古趣，沉酣落帽。 秋色京華老。想故園蓉菊，正當佳好。次第花開，水畔放船能到。萍踪浪寄金臺，歎歸與、路迢雲渺。應道。佩茱萸、一人獨少。

三字令

蓮風起李賀，雨離離温庭筠。若耶溪杜甫。齊菡萏李頎，復參差盧綸。采蓮舟閻朝隱，采蓮去李康成，采蓮歸王勃。 歌宛轉郎大家，就花枝白居易。怨空閨張生妻。勸君酒王昌齡，爲君題岑參。水東流韓愈，日西夕李白，憶行時韓偓。

鶴閒詞

侯文燿夏若著　侯晰粲辰輯　季麒光蓉洲訂

調笑令　煙雨樓

煙雨。煙雨。曾映朱樓歌舞。池邊依舊鷗盟。畫角空餘月明。明月。明月。今古幾番圓缺。

望江怨

歡期誤。今夕應將何夕補。鴛被涼生露。揺紅燭影香還吐。向誰訴。妾命薄於萍，郎踪輕似霧。

天仙子

淺淡梳妝疑入畫。紅香半露垂楊下。更多笑語勝人歌，如簧話。真無價。俏向小窗占一卦〔一〕。

【校】

〔一〕「俏」，清鈔本作「悄」。

西溪子

知是閒愁無寐。欲起翻教成睡。思懵騰，誰憐惜。怎忘得。暗把星眸輕擲。春夢未分明。幾時醒。

前調

花月休教沉醉。料得更闌歸矣。記年時，櫻桃瘦。金釵扣。嬌倚畫橈籠袖。舊事滿心頭。夕陽樓。

前調

量窄嗔郎捱醉。佯倒郎懷妝睡〔一〕。强郎扶，羞郎怯。怕郎別。索茗喚郎消渴。夢醒尚偎郎。恁郎當。

【校】

〔一〕「妝睡」，清鈔本作「裝睡」。

點絳唇　題扇頭唐匹士櫻桃

顆顆勻圓，赤瑛盤内曾爲壽。問誰染就。嬌點胭脂口。　攀折難禁，小鳥枝頭嗅。拋紅豆。多情纔逗。誤入春桃手。

浣溪沙　寄暢園賦贈校書素玉

可意撩人倦倚樓。臉紅眉翠逞風流。愛他荆布趁新秋。　鎮日繞池遊遍了，劇憐幽夢黯添愁。剩愁迎送恁時休〔一〕。

【校】

〔一〕「剩愁迎送恁時休」，清鈔本作「□□迎送□□□」，雲輪閣鈔本作「剩愁迎送無那□」。

誤佳期

日日春消醉裏。醉也有頭無尾。關情今日又花朝，誰解相思意。芳草爲憐春，生惹春煙細。思量没計計傷春，開落填花史。

前調

歲歲韶華易换。何必花朝繾綣。惜花懊和惜春愁，招得東風怨。閒殺杏花天，妒殺桃花面。百花催信恨綿綿，咫尺巫峰遠。

相思兒令　題希逸華子畫

幾幅龍綃點染，攤向碧窗紗。看到芳魂消處，雙臉暈微霞〔一〕。箇箇小鬟堆鴉。更描成、楚岫雲遮。就中天樣恩情，春風吹落誰家。

【校】

〔一〕「暈微霞」，清鈔本作「暈紅霞」，雲輪閣鈔本作「紅微霞」。

雨中花　偕家叔粲辰登武林吴山

一面西湖新樹。一面錢塘古渡。偏我同遊，遲君獨眺，添了瀟瀟雨。　千載英雄成敗處。都付騷人題句。看好景無邊，空濛瀲灩，留與君今譜。

踏莎行

瘦不勝衣，嬌偏勝酒。天然玉骨風前柳。相逢時作浣紗看，知他可記山盟候。　繡閣輕抛，天涯客久。難憑旅夢驚回首。歸來準擬訴離情〔一〕，離情莫遣明年又。

【校】

〔一〕「準」，清鈔本作「正」。

一翦梅　七夕雨窗

看盡年年駕鵲橋。坐也無聊。睡也無聊。私評牛女淚珠拋。會也今宵。離也今宵。　隱約銀河帶雨飄。詩也難描。畫也難描。人間天上總魂消。拙也徒勞。巧也徒勞。

風中柳　鸚鵡善言，忽無故而卒，南宗女師哭之甚哀，余因作此慰之

綠委紅憔，底事今朝回首。肯思量、解絛人否。禪關寥寂，歎心經誰授。唐明皇命貴妃教經以避禍難。　人世虛舟，好把死生參透。勸伊琵琶拍、又誰猜扣〔一〕。琵琶，蔡確婢名，每扣響板，鸚鵡即呼之不已。行、且消清晝。想歸西土，免牢籠廝守。料應傍、玉瓶楊柳。

【校】

〔一〕「猜」，清鈔本作「倩」。

行香子　秋夜同圯石張姑丈賦

風自瀟瀟。雨自飄飄。怪秋來、暮暮朝朝。花飛片片，柳剩條條。正天慘慘，雲黯黯，水滔滔。雁已嘹嘹。燕已寥寥。笑人生、擾擾勞勞。黄昏寂寂，好夢迢迢。尚燈悄悄，更滴滴，語叨叨〔一〕。

【校】

〔一〕「更滴滴，語叨叨」六字，清鈔本、雲輪閣鈔本皆闕。

連理枝　看櫻桃寄憶〔一〕

點點胭脂墜。樹樹添新翠。記得年時，籠香瀹茗，玉容同醉〔二〕。恰行來不減、舊時紅，惹今宵顛顇。芳草遮遊騎。歌舞饒佳麗。回憶閨中，孤吟瘦影，知他睡未。想伊家端爲、見人難，儘淒涼滋味。

【校】

〔一〕清鈔本、雲輪閣鈔本詞題皆闕。

〔二〕「點點胭脂墜」至「玉容」二十字，清鈔本、雲輪閣鈔本皆闕。

月上海棠　六

結成石上生生願。恰春三〔一〕、浪逐三秋換。偷並闌干，避猜疑、倚來剛半。消魂處，夢到巫峰恰斷。陽關三疊添淒怨。一聲聲、唱罷還重囀。那得金釵，展湘屏、兩行分遣。相思苦，十二時中頻判。宋女郎有崔廿四者，一無名氏曾檃括其數題《踏春遊》一闋贈之。予偶效顰，賦此志憶。

【校】

〔一〕「恰」，清鈔本、雲輪閣鈔本皆作「怯」。

滿江紅　潯陽道中寄懷長兄

月滿湖山，慨都是、舊曾相識。也不道、逢迎寂靜，撫今追昔。風湧江潮浮野岸，日移帆影趨荒驛。數韶華、三十六年來，長如客。　餘子輩，鵬添翮。如公等，駒馳隙。盼茫茫千里，寸心脈脈。搔首一樽歌伏櫪，壯懷未肯埋塵跡。問何時、掞藻軾金門〔一〕，天人策。

【校】

〔一〕「軾」，清鈔本作「試」。

前調　重九自壽

爽氣横空，儘聽遍、蛩聲繞屋。依然又、秋光做也，惱他偏速。歲歲題糕酬舊句，年年對酒尋新菊。謝知交、漫許遞清商〔一〕，開元曲。　慚群驥，頻羈足。傷雛燕，輕埋玉。便酒傾五斗，愁還盈斛。世態百端惟冷暖，予懷一日兼歌哭。算不如、學佛不如仙，盟鷗鹿。是歲有喪孫之痛。

【校】

〔一〕「漫」，清鈔本作「每」。

前調　偶聽法音有觸，賦以示内

自笑疏狂，忙碌碌、半生擔閣。撇不去、愁縈心曲，塵勞束縛。庾信詩成樓獨倚，陶潛酒醒杯仍索。記挑檠、賭茗話黄昏，年非昨。　而今事，從前錯。牛衣冷，腰如削。聽金經三昧，問誰先覺。縱喜長安風月好，莫辜于野鶯花約。願同卿、一洗舊時腸，都丟却。

前調　己巳春正二日，送敬哲族兄還維揚，予適有晉陵之役，舟次賦别

君賦歸歟，且先問、重逢何日。分袂處、離懷無限，怕翻新曆。蜀嶺乍回吴嶺棹，廣陵偕作毗陵客。訴平生、真箇惱人腸〔一〕，空嗚咽。　朱門舊，汾陽宅。黄門第，欣同脈。慨河山邈矣，誰分玉石。馬首莫愁風雪滿，音書早囑頻傳驛。笑天涯、不比此情長，兄須識。敬哲兄係前朝勳戚。

【校】

〔一〕「惱」，清鈔本作「斷」。

倦尋芳　同黄鐘萬七登金山〔一〕

四時風月，多少韶華，清秋爲最。覽勝江心，更快金山點綴。妙高臺，中流柱，古今詩酒英豪會。參差林葉，殷紅未滿〔二〕，間些蒼翠。　倚危欄、登臨極目，北固南徐，兩兩相對。還憶孫

郎，荒草夕陽顛頜。柔櫓平潮遊賞遍，高歌痛飲無聊賴。待歸來，訴當年，終宵不寐。

【校】

〔一〕清鈔本、雲輪閣鈔本詞題皆闕。

〔二〕「四時風月」至「參差林葉，殷」四十字，清鈔本、雲輪閣鈔本皆闕。

百字令　贈永康亦神徐大

桃溪深處，問何人、瀟灑鑿開池沼。箕踞科頭君入座，高士風流同調。橘緑柑黃，鱸肥鱠美，休羨江南好。晴空如畫，編籬細竹雲繞。　黯憶湖海飄零，無多管鮑，難覓樽前笑。更苦匆匆明日别，雪壓溪橋行曉。世事浮雲，長安棋局，合向此中老。今朝花徑，豈緣知己重掃。

前調　贈王校書

春光纔漏，恰人來、可意亭亭如玉。楚楚丰姿塵碌碌，故故道家裝束。紅荳拈輕，紫簫吹緩，腸斷臨風曲。江梅信早，垂楊幾縷催緑。　惆悵賭酒闌珊，珠樓雪滿，雙袖偎人熟。做盡嬌癡，還記得、月底燈前偷囑。莫負鶯花，休迷蜂蝶，都付愁千斛。他時重晤，尋芳應貯金屋。

望海潮　渡江

雁來燕去，曉霜殘雪，一年兩渡錢塘。脈脈幽懷，霏霏煙樹，誰同冷暖商量。莫更説興亡。剩惱人風月，錢趙滄桑。迅速寒潮，怒濤奔馬總淒涼。　不如歸去家鄉。有蓉湖畫舫，緑綺紅妝。爆竹聲饒，屠蘇沉醉，相思客夢縷償。猶是倚斜陽。憶幾年浪跡，楊子彭郎。歷盡無邊，此際共三江。

沁園春　江郎山在江山縣之東，傳聞江氏三兄弟仙遊，化石而去，地以人名，由來久矣。勝國初，予高王父太僕公曾令此地。歸棹道經，賦以志感。

水驛餐風，山程吸露，愁緒如絲。怪三峰高峙，依然雁序，層巒環翠，儼若追隨。留石人間，仙踪飛去，贏得今朝泣路岐。沉吟久，想天涯兄弟，一樣相思。　官銜榱桷堪悲。是舊日、甘棠祖澤遺。悵衣冠如在，徒徵家乘，滄桑幾易，覓盡殘碑。父老無存，子孫念舊，俎豆于今更屬誰。相逢處，儘長歌浩歎，難寫餘徽。

前調　七夕後一日，閨思

河影猶斜，彩雲未散，曉倚妝樓。見金籠蛛網，嬌娃鬬巧，玉盤花果，小婢爭收。片晌歡娛，百年心事，隱約柔情天際浮。還堪想，想鸞車欲返，步步回頭。　塵緣肯藉人謀。便帝女天孫敢自由。怎七襄初罷，甘爲惆悵，雙星既合，未解攀留。浪子飄零，深閨離恨，遮莫仙凡一樣愁。而今悔，悔從前不合，也學風流。

前調　冬日遊西湖，同東雷瞿大賦

西子湖頭，疏狂謝客，舊日曾來。儘香闌粉榭，初除花絮，湘簾翠幕，没點塵埃。萬柳藏煙，千桃散靄，知爲官家近日栽。嬉遊處，愧才非江董，題遍蒼苔。　匆匆更惜芒鞋。奈冬盡、羈棲無好懷。且不衫不履，閒隨蘭槳，傷今弔古，狂倒桃杯。斷續僧鐘，微茫漁火，妙手新磨一鑑開。空濛句，料勾留未許，儘我詼諧。

前調　舜威鄒二詠十姊妹花十首見示索和，作小詞答之

我自狂吟，君惠新詩，茅塞頓開。記海棠殘後，輕盈誰似，楊妃醉了，綽約堪猜。不道伊家，偏偏舞態，恰是昭陽漢殿回。憑癡問，這芳菲叢裏，容我書獃。　若能補滿金釵。便十斛明珠也買來。但翠紅零落，相思難判，東風遣嫁，徒惱人懷。造化如斯，干卿何事，分付明年著意培。沉吟久，寫十分佳處，還仗君才〔一〕。

【校】

〔一〕「東風遣嫁」至「還仗君才」三十五字，清鈔本、雲輪閣鈔本皆闕。

金縷曲　見珍珠蘭有感〔一〕

寂寞潯陽道。更雨雨風風，添却幾多離抱。忽覩幽香香暗惹，悵殺空閨人杳。想昨夜、燈前佳兆。階下石榴簪午鬟，向晚妝、茉莉拖鬟好。持此贈，拈花笑。　天涯猛省身將老。最傷心、對花無語，倍憎煩惱〔二〕。已是斷腸腸未斷，又值斷腸之草。塵世網、問誰脱早。豈恨玉人予不

見，恨玉人、不見予顛倒。珍珠號，休提了。

【校】

〔一〕清鈔本、雲輪閣鈔本詞題皆闕。

〔二〕「憎」，清鈔本作「增」。

前調　寄懷恂令吕二

世事無可否。儘幾度傷離，忽又幾番聚首。坂上籃輿江上檝，自笑年年折柳。想閉户、著書斗酒。對月逢花心似錦，算清閒、只有君消受。堪羨也，盛名久。　椿庭先我萱堂壽。憶年時、芝蘭香砌，飛觴鼓缶。夾袋人才門第勝，傳世文章真有。料未肯、落他人後。我劍塵生今已矣，更絲絲兩鬢如何剖。壯懷滅，悲游手。

前調　送鄒二辭戍秦，用顧梁汾先生寄吴漢槎韻

與子神交久。羨藉甚、風流四海，誼敦朋友。五載囹圄催折盡，還剩沈腰添瘦。且抹却、從前

僝僽。夢醒雲陽重訴别，問乾坤、死不如生否。人世事，何須剖。梨園大地皆生丑。任長安、關河層疊，好傳梅柳。夙昔鄒陽曾曳履〔一〕，誰許啼猿空守。儘搦管、還推三壽。贏得柔之欣作伴，寫征圖、謾挂行裝後〔二〕。捹劇醉，休回首。

【校】

〔一〕「催折盡」至「夙昔鄒陽」五十九字，清鈔本、雲輪閣鈔本皆闕。

〔二〕「謾」，清鈔本作「漫」。

賀新涼　月詞　原刻有小序。

最愛中秋月。未經題、瓊樓玉宇，寒生八月。怪底珠多愁歲祲，暗祝今宵有月。好安寢、北堂明月。誰譜霜娥傳怨曲，待看登、天柱峰頭月。笑不改，庾樓月。　古今幾見長庚月。不醒而顛推白也，醉來乘月。收拾雞窗拋雪案，苦讀還期隨月。儘盼著、梯雲懷月。回憶客天涯，阮懶嵇狂，閱盡千江月。早又伴，團圞月。

瀘江月　自題小照，用《彈指詞》調

問乾坤大矣，置予何處，山水之間。長空極目蒼葭渺，憑游戲、狂也非顛。白袷涼披，青簑晴挂，茗爐香散淪漣。涪翁嘯傲，閒泛志和船。且攜來、百尺絲竿。滄浪歌半曲，聽數聲横笛，萬頃茫然。蘋蓼溟濛，荻蘆淡宕，幾回容與拍濤寒。中流濯湍濛遠嶼，驚起鷗眠。儘教塵慮都捐。淳于一石，好枕覓邯鄲。倦抛圖史巾還漉，風波静、月滿湖天。釣叟爲徒，漁翁作侣，興酣不計雙丸。休誇箕潁，世外總桃源。更誰知、冷落平泉。漫追當日事〔一〕，悵烏衣漸改，燕壘猶懸。七葉芬貽，五傳綸錫，鬢霜頻點愧翩翩。逍遥去，桐江擬雪，笠澤猜煙。

【校】

〔一〕「塵慮都捐」至「漫追當日事」六十字，清鈔本、雲輪閣鈔本皆闕。

附　丁丑川遊紀程詞摘〔一〕

侯文燿夏若著

【校】

〔一〕醉書關二十一卷本《梁溪詞選》原無《丁丑川遊紀程詞摘》，兹據醉書關八卷本補，以清鈔本、雲輪閣鈔本校。

巫山十二峰詞並序

從來益都勝概，最號三巴；蜀郡奇觀，尤推九坂。故望峨嵋之山色，翠聳千層；矚灩澦之波光，清瀠百曲。重巖疊障〔一〕，人間别有仙源；峭壁懸崖，天上應無閬苑。但楚襄之雲雨，夢已荒唐；即杜甫之風塵，愁仍寥落。况值迷濛霧鎖，復當迅急濤衝。指點煙巒，轉瞬而輕舟已過；顧瞻泉石，回踪而短屐誰攜？然想佳景之依稀，猶堪紀詠；乃考芳名之約略，更可留題。爰綴字於詞中，聊舒情於句裏。獨愧吟輸謝脁，漫期隱效扶嘉。

【校】

〔一〕「障」，清鈔本作「嶂」。

醉花陰　望霞峰

聞説巫峰多眉嫵。今忽無尋處。凝眼望霞邊，片片閒雲，竟被伊遮去。　閒雲不怕行人妒。也學峰無數。風肯捲雲開，仔細徘徊，峰立青如故。

虞美人影　松巒峰

有時雲與高峰匹。不放松巒歷歷。望裏依巖附壁。一樣粘天碧。　有時峰與晴雲敵。不許露珠輕滴。别是嬌酣顔色。濃淡隨伊力。

陽臺夢　翠扉峰

重重遠嶂雲初吐。隔溪瞥見千千縷。峰峰盡向此中藏，藴廉纖細雨。　幾時雲散後，神女含情欲舞。好峰新沐翠扉開，又入陽臺去。

後庭宴　朝雲峰

雲布峰肥，峰藏雲斂〔一〕。峰頭似與朝雲换。不知峰外有孤鴻，雲深辜負情無限。　看來斷續多時，還望雲開一線。香爐灘畔，峰染煙光亂。爲愛曉峰佳，雨和雲共捲。

【校】

〔一〕「峰藏雲斂」，清鈔本作「雲藏峰斂」。

太平時　起雲峰

列岫屏開倚碧空。翠峰重。是誰點染畫圖同。起雲中。　峰欲斷時何物補，借雲封。如迎似送傍孤篷。憶龍峰。

漁父家風　登龍峰

幾層雲隔幾層峰。何處好登龍。雲生不向天涯去，出没數峰中。　光淡蕩，影朦朧。夢難同。數來十二，二六關心，各自西東。

剔銀燈　飛鳳峰

最愛朝雲隱隱。如靚女曉來掠鬢。幾點煙勻，三分水照，一任絲絲梳引。眉峰青襯。似撩人、鏡中親認。　更愛暮雲多韻。如靚女晚妝初褪。飛鳳斕珊，倦螺低鬟，悄見斜痕微印。陽臺相近。巫峰畔、怎生安頓。三分水過此復合。

醉紅妝　聖泉峰

朝雲暮雨問何時。遠和近，是耶非。聖泉滴處看參差。應有待，楚王歸。　神鴉出洞傍船飛。似相識，話相思。峰轉峰迴過跳石，高唐觀，欲題詩。廟後有神鴉迎送客舟。跳石，灘名。

長相思　聚鶴峰

夏雲奇。夏雲奇。矗矗峰遥玉壘低。含情聚鶴溪。　楚峰西。楚峰西。宋玉才華今已非。當年雲雨迷。

三字令　淨壇峰

神女夢，赴高唐。楚襄王。來過此，遠相望。興偏狂，雲雨意，淨壇旁。　空惆悵，憶吴娘。畫眉郎。鴉出洞，水臨江。幾時歸，歌郢曲，醉紅妝。吴二娘曾題「暮雨蕭蕭郎不歸」之句〔一〕。

【校】

〔一〕「曾題」，清鈔本作「贈題」。

荆州亭　集仙峰

别過女郎祠廟。看到巫峰娟妙。總是集仙家，一樣眉痕渺渺。　忽被亂煙遮了。行雨行雲難料。

詩句欲成時，路隔江南多少。女郎山相傳是張魯女。娟妙，亦峰名。

巫山一段雲　上昇峰

雲共巫峰立，無勞愛憎心。眼前有景費行吟。千古到而今。　遠樹猿啼惡，輕舟客夢尋。上昇原不礙雲侵。曾未一登臨。

中秋倡和詞

中秋倡和詞引

聞之雅士吟秋，高人嘯月。蟾光十丈，庾樓之興偏豪；兔影一輪，袁渚之才倍麗。惟有懷於盈缺，亦奚論夫陰晴。夏若侯子，口播四聲，胸羅五色。别標新調，筆擸翡翠之牀；獨譜豔情，墨啟琉璃之匣。藉蘭心而託詠，素女生歡；借桂魄以留題，姮娥斂怨。飛揚頓剉，韻以疊而彌鮮；宛轉淋漓，押雖重而詎複。賡罷曉風楊柳，滿地香飄；寫殘夜雨梧桐，一天錦散。用是疏狂阮籍，睹劈雙箋；遂使潦倒張衡，效顰半幅。尚異群賢，吐藻芙蓉，繡孝穆之章；還期勝侶，摛英鸚鵡，製正平之句。酬什聊爲引鳳弁言，未免續貂云爾。

丁卯仲秋望後一日琴張子圯石氏題

賀新涼

侯文燿夏若

最愛中秋月。未經題、瓊樓玉宇，寒生八月。怪底珠多愁歲禝，暗祝今宵有月。好安寢、北堂明月。誰惜霜娥傳怨曲，待看登、天柱峰頭月。笑不改，庾樓月。古今幾見長庚月。不醒而顛推白也，醉來乘月。收拾雞窗抛雪案，苦讀還期隨月。儘盼着、梯雲懷月。回憶客天涯，阮懶嵇狂，閲盡千江月。早又伴，團圞月。

賀新涼

瀨上黄稼稚曾

懷抱常涵月。況時乎、秋之爲氣，清暉凝月。眼底斜陽初送去，更上層樓待月。休矜語、停杯問月。呼吸未能通帝座，恐淩雲賦手難攀月。誰獨有，千秋月。松篁徑徑俱穿月。任閒情、長吟短詠，平章風月。大地光芒聯萬里，詎計漢關秦月。幾緬想、餐霞醉月。玉宇怯高寒，何似棲遲，歲守衡門月。秋與我，共明月。

賀新涼

張鳳池圯石

屈指平生月。溯年華、五旬餘數，幾番看月。此夕陰晴渾不記，約略半消花月。獨懊却、秣陵攀月。若憶眉齊酬綺案，儘凭肩、笑噓羅幃月。還共泛，虎丘月。承歡曾侍高堂月。更歷遍、西泠北渚，酒壇歌月。最好青樓頻索醉，費盡翠鄉評月。又那管、嶺雲溪月。回首歎飛蓬，吹老秋風，只剩窮愁月。知恁日，重修月。

賀新涼

秦瀾紫迴

把盞思吞月。問天公、緣何着意，倩雲遮月。喜值小山叢桂發，只少一輪明月。渾辜負、捲簾邀月。聽徹霓裳仙子奏，羡凌虛、清夜曾登月。誰攜取，袖中月。　生平最愛談風月。少年場、醉拈斑管，狂吟對月。老子於今豪興淺，非復舊時人月。總抹却、風花雪月。時節又中秋，寂寞琴書，空想瑶臺月。清夢斷，砧敲月。

賀新涼

毘陵吴晉趾弦眉

清絶秋來月。況良宵、正逢三五，桂香浮月。惟有閒吟酬皓魄，那得裁冰鏤月。拚竟夕、飛觴醉月。何處豪華開畫閣，倩笙歌、唤起花間月。肯虚度，當頭月。　香閨爭拜團圓月。捲珠簾、雲鬟濕霧，修眉妬月。謾道追歡嫌漏促，今古長看此月。聽四壁、寒蛩泣月。數不盡羈愁，千里長空，幾處同明月。三弄笛，關山月。

賀新涼

吕莊頤 恂令

一樣天邊月。却如何、中秋夜到，獨誇邀月。玉笛誰家歌綺讌，忙殺姮娥奔月。怎得彀、一年明月。牢落青衫拚縱酒，且停杯、笑問高高月。有幾個，能吞月。　凌虚任跨虹橋月。儘聽遍、廣寒曲奏，平分風月。絲鬢漸添歡異昔，月只古今一月。人多少、消磨此月。樓外繞飛鴻，斷續荒砧，半爲催歸月。還索倰，來宵月。

賀新涼

黄裕 燕初

釃酒酹江月。問青天、幾時扶上，一輪明月。付與閒人何所有，只此清風皓月。重來見、鳳凰臺月。三五秋光分此夕，正家家、急管催繁月。誰伴我，同邀月。　請看石上藤蘿月。想當年、燃犀温嶠，江邊釣月。芳樂苑前人共説，夜夜潘妃醉月。憶袁虎、同舟詠月。有多少興亡，英雄回首，古墓荒丘月。我欲捉，波心月。

賀新涼

陳組右儼

幾見當頭月。問何爲、清光可愛，偏偏此月。記得銀橋隨杖起，閲遍廣寒宫月。奈依舊、袁宏泛月。任悵姮娥頻妬影，便登峰、莫玩溶溶月。剩拂袖，堪藏月。獨誇玉兔中秋月。會群英、爭攜彩筆，向秦淮月。崔李同舟衣錦就，早泊采磯乘月。肯懶把、繡腸酹月。還憶玉樓人，香露侵衫，獨倚欄杆月。催桂棹，如飛月。

賀新涼

荆溪上人宏倫敘彝

錦纜牙檣月。記當年、三千殿脚，煙花三月。幻化紅心宫怨草，悽斷玉鈎斜月。怕聽起、杜鵑啼月。誰作風流天子傳，照雷塘、還是迷樓月。歌吹沸，竹西月。繁華一瞬都如月。笑英雄、江山霸業，曉鐘殘月。一點漁燈依古岸，輸與蘆花卧月。管甚麽、金盆落月。憶昔過瀟湘，兩岸猿聲，吹笛巴陵月。隨酹取，洞庭月。

賀新涼

黃橒齡觀頤

一片團圓月。問人間、天南地北，幾能邀月。露濕無聲涼影瀉，盼斷廣寒圍月。難消受、半窗明月。何處吹簫人倚檻，亂蛩鳴、暗繞牆陰月。最好是，花梢月。銀河渺渺鐘催月。恁嫦娥、愛誰年少，肯教攀月。羨殺蟾聯誇獨步，折桂爭猜此月。儘看遍、秦淮秋月。遥卜得來年，燈映梅花，有一番風月。何必待，今宵月。

賀新涼

新安汪琪宸玉

夜夜思看月。恰如何、中秋佳景，竟成咄月。若箇梯雲能拂袖，管取懷中藏月。怎便說、南樓聽月。縱使飛觴拚醉倒，幾曾留、朗朗長庚月。憑欄眺，朦朧月。妬花細雨重陰月。真負却、子山高嘯，醉殘歌月。漫說偷天憑妙手，取到一輪明月。應共覩、凌風乘月。仰首盼燕雲，料怕傷離，不挂淒涼月。消愁緒，應遮月。

賀新涼

黄楨桂孝存

總是瑶臺月。問何妨、昨宵三五，换今宵月。懊却雨風偏妬影，不道秋來無月。恰正喜、十分明月。繡閣凭肩歡共語，悄銜樽、笑語花間月。暗卜箇，團圓月。　清光可愛遥天月。倩荆關、好添圖畫，光飛雪月。漫抱琴書躭妙景，還怕易吹落月。索盼到、曉烏啼月。憑聽徹檀槽，偷拍紅牙，補昨酬花月。人寂寂，空留月。

賀新涼

陳元慶龍光

幾歷今宵月。笑余生、閒愁縈繞，蹉跎歲月。漫把一樽聊自遣，目斷峰頭明月。忍辜負、半秋秋月。樓外清砧涼入座，却何妨、與我平分月。好挂住，梧桐月。　群賢爭賞溶溶月。儘飛觴、賭酬佳句，嘯歌乘月。剩愧疏狂空對影，悔殺讀慵隨月。索撇去、侈談風月。縱未卜梯雲，雪案還期，袖取蟾宫月。早賦就，虹橋月。

賀新涼

王達高以上

爭賞中秋月。料天公、豈因人熱，故教封月。宇内迷離風雜雨，怎許蟾宫扶月。悉屏去、狎朋謳月。公子留凭甘爛醉，任冠纓、抛向荒郊月。渾不管，誰敲月。　東鄰上谷邀看月。怕華堂、嚴賓又到，閉門推月。聞道今宵拈絶韻，興好不愁無月。數錦字、清華如月。秋雨似陽春，調屬巴人，響振林間月。呼大匠，快修月。

賀新涼

毘陵瞿大發東雷

喜見當頭月。最撩人、飄零玉露，中秋圓月。萬斛天香狼籍甚，滿浸一庭華月。待沽酒、飛觴醉月。那料浮雲遮玉兔，到更闌、不覩娟娟月。倚樓望，朦朧月。　十年輕擲閒風月。恨今朝、棘闈浪戰，停杯問月。幾處歡歌銀燭閃，鳳管鵾笙待月。誰憐個、淒涼旅月。浩氣可沖霄，撥盡沉陰，探取冰輪月。空惆悵，秦淮月。

賀新涼

邵瑹魯存

總是庾樓月。却何爲、秋期屆半，爭傳邀月。只爲今宵光倍皎，不比尋常風月。奈驀地、雲偏遮月。厭聽征鴻聲歷亂，縱乘梯有術難懷月。空目斷，銀河月。且燃紅蠟無須月。儘狂吟、百篇斗酒，杜陵秋月。搔首長天情更懶，惱殺素娥籠月。釣不起、一輪江月。放棹盼朝晴，拚脱驌裘，買醉還延月。期莫負，重陽月。

賀新涼

施銓均衡

賞遍年年月。問今宵、天公何吝，偏教掩月。想是姮娥愁緒蹙，不耐人間窺月。應自悔、從前奔月。函枕夢酣藏七寶，任輕拋玉斧誰修月。空目斷，庾樓月。良辰若個分風月。願相逢、梯雲豪客，袖中懷月。釣艇煙波江上晚，此夜休教臥月。笑幾處、凭欄待月。叢桂發新香，長嘯擎杯，何必邀明月。沉醉矣，憑呼月。

賀新涼

鄒奕鳳舜威

何處迎秋月。落霞低、名香滿爇，絪緼引月。淨掃藥闌和竹徑，檢點今宵坐月。陳瓜果、窗前伺月。品竹彈絲還按板，倩歌喉、應節頻吹月。雲幕卷，初開月。蹁躚鶴舞嬋娟月。擘瓊箋、百篇揮灑，分題賦月。一縷鐺煙茶已沸，傾向清甌勞月。看花氣、繽紛擁月。羈旅正金陵，虎踞龍爭，歷盡千秋月。且痛飲，秦淮月。

賀新涼

侯晰粲辰

何必中秋月。最堪娛、六街燈火，上元明月。梅柳夾隄山映翠，管領一春風月。看掃遍、鏡菱眉月。更好蘭湯催試浴，倚紅欄、猶記同看月。賞不盡，四時月。而今總是淒涼月。悵曩遊、都成蝶夢，剩留殘月。紙帳獨眠拚對影，斜抱雲和見月。便今夜、又辜酹月。誰取瓣香供，擕手花前，重拜纖纖月。且命酒，和題月。

賀新涼

唐漢德千

爲問中秋月。古今來、陰晴圓缺，幾經歲月。玉宇瓊樓千萬頃，我欲乘鸞窺月。忍負却、瓣香星月。今夜登高凭遠眺，見長空萬里雲遮月。憑賦就，西江月。　杜鵑啼破秦樓月。廣寒宫、嫦娥孤另，怎教無月。曲按霓裳歌罷後，鐵笛一聲吹月。可曾見、煙籠淡月。總使徑堆霜，便也淒涼，倚遍雕欄月。何必問，中秋月。

賀新涼

侯文熺浴日

千古江南月。正秋來、雄心激發，舉杯瀝月。玉宇塵空横白露，何物朦朧掩月。難信道、廣寒無月。我有龍泉三尺鋭，吐精芒、萬頃光如月。憑揮取，天邊月。　宏文射斗還吞月。況仙宫、雲梯高駕，任教攀月。肯許無端成障翳，桂影淒涼缺月。更長嘯、山頭唤月。鐵笛響層霄，捲却浮雲，誰玷清清月。纔共仰，中秋月。

賀新涼

晉陵蔣溉塈民

我正懷明月。問文申、子光錫氏，誰名爲月。玉尺高繩纖御轉，一手直探竈月。還欲向、天街騎月。百歲六千三萬日，只一千二百聯錢月。更幾許，煙沉月。踏翻今夜娥池月。怪天公、偏教多事，金波瀉月。硬弩强弓將射落，省得吟風弄月。更省却、批風抹月。奈避巧星衢，滓穢凌霄，橫綴凝空月。且姑待，金門月。

賀新涼

侯文燦亦園

抹却中秋月。最堪憐、吹笳弄笛，戍樓征月。爲念奈何子野喚，聽徹寒砧敲月。恁少婦、盧家吟月。只怪莫愁吹讌賞，恰故燒紅燭還邀月。憔悴殺，孤幃月。藤蘿偏耐淒涼月。儘多少、披簑荷笠，湖山眠月。游冶擎杯頻借問，懊恨今宵遮月。更又怕、上元無月。喜並侍高堂，酒渴思吞，迭和壎篪月。都不管，人間月。

賀新涼

晉陵謝嵩齡 字瞻

煙霧朦朧月。隔牆花、枝横影亂，半園斜月。聽徹梅花閒笑弄，倒挂垂楊新月。抵多少、疏簾淡月。劍氣憑空衝碧漢，見斗牛射處光吞月。長嘯喚，山頭月。彩霞遊散凝寒月。最難忘、片帆清曉，零風剩月。誰羨臨江釃酒興，識我肺肝如月。漫贏得、披星戴月。營絆爲蝸名，枉待泥金，盼斷雲梯月。佯回首，纖纖月。

賀新涼

侯文𤎆 象于

箇箇思看月。却如何、空階雨滴，竟成缺月。細聽荒蟲聲切切，也曉暗傷無月。負多少、嬌閨拜月。爐篆漸消香未散，忽思量、前歲同邀月。留不住，天邊月。紅窗燈閃偏遮月。且狂吟、舉杯對影，漫延殘月。蟾桂惭余攀未得，拚向書城隨月。任抹却、十分風月。妬影盼朝晴，催動寒砧，好候連宵月。賞不盡，人間月。

賀新涼

張五常眉良

誰掩中秋月。豈姮娥、怕人爭覷，故教籠月。風雨無端燈伴影，索向夢中尋月。也當做、笙歌酬月。天付陰晴曾莫料，且逢場、計看年年月。憑暫隔，巫峰月。　幾番閒拍欄杆月。忽天邊、雁聲嘹嚦，和人吟月。骨肉銜杯歡聚首，剩少一鈎新月。怎得遇、乘時風月。孤枕促殘更，起拂烏絲，强學遥題月。慚江筆，難描月。

賀新涼

侯承垕學如

誰曉談風月。但無聊、高朋滿座，偏生遮月。剩喜新涼天外望，空負綺疏延月。更堪惜、桂香飄月。鴻影隔窗燈火閉，便登梯、那許同懷月。且呼酒，拚澆月。　梧桐淒掩當樓月。捲湘簾、爐煙漸燼，愁看松月。處處蟲鳴荒漏促，若個東牆待月。人只羨、今宵一月。暗雨鎖愁城，石映霏微，少挂藤蘿月。秋夢醒，憑吞月。

賀新涼　　顧氏

長嘯問明月。譜江山、誰堪賦就，美人花月。除是沉香人醉後，曾寄愁心與月。吟不了、曉風殘月。今夜瓊樓懸玉鏡，有金樽檀板酹佳月。香盈斗，煙籠月。　殘霞斷續關山月。景迷漫、角聲鴻影，寒沙捲月。幾處倚窗眉黛斂，幾處停砧向月。更幾處、流黃待月。莫盼碧雲清，離合悲歡，怎奈千家月。吾長嘯，問明月。

賀新涼　　閨秀代

瞥見纖纖月。恍驚疑、生天京兆，描成眉月。幾夕庭花陰寂寂，今夜一天風月。最好是、初生新月。金鏡漸圓光瀲灩，問何年、探到蟾宮月。更可羡，團圞月。　梨花一片溶溶月。正華堂、紛紛絃管，舉杯邀月。咫尺天涯徒對影，一室三人連月。悵書劍、飄零歲月。拜手問青鸞，何日屏開，絲幕牽明月。雙鳳跨，瑤臺月。

賀新涼

無名氏

無伴年年月。似空山、寒暄歷盡，春花秋月。却笑天公生我意，幾見當頭明月。二十載、蹉跎歲月。總是未消前世業，且憑他、位置孀幃月。更莫問，今宵月。　裙釵甘讓團圞月。料姮娥、也愁幽獨，廣寒籠月。青鬢紅鸞當日語，原媿瑶臺共月。并收拾、凄涼夜月。願滿計何時，姊妹雙雙，共祝中秋月。淚沾袖，孤吟月。

賀新涼

侯文燿

燿也感懷佳節，偶詠月詞，承諸同人謬賞示和，綺思紛接，不啻滿紙琳瑯。遂弗敢匿美，爰再譜一闋，以誌愧私，並授剞劂，公諸雅好云。

有酒何勞月。儘拈毫、醉乘吟興，調翻鏤月。却喜珠璣酬滿篋，更許弟昆批月。笑孺子、也隨哦月。綺幄獨憐香翠隱，羨簪花、眉斂還攜月。閒參個，僧敲月。　狂哉大阮偏嘲月。暱柔鄉、巫雲夢隔，只懷閨月。慚我巴詞哀郢雪，搜却幾多風月。差不負、這宵缺月。玳瑁且裝成，豔事芬流，留取爭評月。拚歲歲，重澆月。

問石詞

鄒祥蘭胎仙著　侯晰粲辰輯　顧彩天石訂

浣溪沙　懷姜石珠

白石溪頭好釣魚。道人何事苦離居。二陵雲暗久無書。
窗外江村鐘響絶，枕邊梧葉雨聲疏。十年潦倒病相如。

前調　立秋夜雨

一葉高梧暑氣消。銀河迢遞轉凄寥。錦城樓閣罷吹簫。
擬倩夢魂尋往事，那堪風雨妒今宵。殘燈殘酒兩無聊。

點絳唇　水驛

碧水茫茫，畫船何處歌金縷。蓬窗竹户。碎落漁燈雨。　秋影横空，一雁聲清楚〔一〕。瀟湘去。青峰無數。不礙人人路〔二〕。

【校】

〔一〕「清楚」，清鈔本作「淒楚」。

〔二〕「人人路」，清鈔本、雲輪閣鈔本皆作「人行路」。

前調　和顧天石

妒殺東君，忽地把繁華吹去。數聲杜宇。一陣胭脂雨。　葉底枝頭，梅豆青青矣。無情緒。晝長天氣。愛此酸酸味。

踏莎美人

一片風帆，兩行煙樹。望中總是淒淒處。離魂去矣再難招。記得那年曾共、木蘭橈。　巫峽朝雲，洛波夜雨。幽情脈脈和誰語。江頭楓落漲紅潮。憔悴茂陵多病、懶題橋。

南鄉子　秋暮遊西山碧雲寺，訪泉明上人，集唐句

數里入雲峰。秋染棠梨葉半紅。聞道泉明居止近，欣逢。別有深情一萬重。　皆在碧空中。落木寒泉聽不窮。世事悠悠難自料，萍踪。明月清尊衹暫同。

菩薩蠻

啼烏月落霜天曉。誰家高唱陽關調。吹徹繞雲聲。愁人淚染襟。　當時憑浪跡。辜負秋江碧。今日悔無端。空嗟行路難。

前調

閒情獨倚欄杆立。緑陰深處聽啼鴂。門户約花關。花開人未還。　腰肢若箇瘦。渾似長隄柳。惜别思悠悠。高吟寄水流。

風馬兒

武林門外柳垂垂。是煙一絲絲。雨一絲絲。折贈蕭郎，念取惜芳姿，知。知。　當時輕别兩依依。怎歸也遲遲。信也遲遲。腸斷白頭，久已薄相如，癡。癡。

水龍吟　送劉武鄉之晉中

幾年作客燕臺，今朝馬首西風起。太行在望，一川暝靄，二陵秋雨。茅店雞聲，板橋人跡，月明千里。便新詩題遍，莫歌長鋏，逢迎者、平原耳。　回憶隔年聚首，共依劉、酒旗燈市。無端分袂，頻添塊磊，羈愁難已。敲破唾壺，陽關三唱，金尊再洗。算相思只在，平沙落雁，嶺雲隴水。

前調　題墨竹圖

展圖如對黃陵，猗猗翠蓋輕煙滑。千章箘簬，一灣流水，蒼苔瘦石。鳳尾飄摇，龍孫錯起，亭亭玉立。任干霄拂漢，翱翔迴薄，依稀是、文翁筆。　我欲結廬其際，儘浮生、曠然高潔。幽棲褊性，多應不讓，此君清節。涼月好風，溪頭聚六，林中訂七。或時而問字，時而酌酒，時而調瑟。

蘇幕遮　雪夜書懷，和象干

夜茫茫，人悄悄。亂撒冰花，不管西風掃。憑却天荒和地老。極目淒迷，總没些分曉。　石離離，書草草。對酒當歌，底事縈懷抱。遮莫東郊梅放早。策蹇清遊，臨幅襄陽稿。

滿江紅　十一月初一日紀遊

一葉蘭舟，依約到、蓉湖深處。凝望去、吴天闊甚，且從容住。殘碧燒痕煙似織，亂紅霜影秋如許。問春申澗曲是誰家，瀟瀟雨。　玉堂酒，成虚度。金縷曲，看遲暮。只眼前景物，莫教辜負。落日半峰雲樹杪，西風兩岸蘆花渚。算由來、畫聖與詩豪〔一〕，江山助。

【校】

〔一〕「畫聖」，清鈔本作「酒聖」。

沁園春　簡陳初篁

盼得君來，焚一爐香，晤言消之。念五湖煙裏，消磨幾許，三千里外，岑寂如斯。塞雁嗷嗷，城烏啞啞，孤館寒燈落雨時。無聊甚，擬鷫裘换酒，聽詠新詩。　會須風月襟期。把往事、都成夢裏思。歎嵇康懶性，豈因甘拙，伯龍貧況，不是真癡。而我遭逢，如同一轍，醉醒疏狂總自知。然與否，正寒宵耿耿，莫故遲遲。

前調　京邸燕巢

飄泊天涯，覓箇棲香，倏然絶塵。正紅樓高峙，柳迷花暝，雕梁空處〔一〕，月淺燈深。容膝蝸居，低頭茅舍，隨處爲家過一春。何須是，舊烏衣門巷，王謝鄉鄰。　羡他不厭清貧。肯留戀、淒涼客邸人。鎮相親相傍，待余若友，自來自去，視汝如賓。春社纔過，忽逢秋社，下上其音不忍聽。長安道，總黄金結客，無此情真。

【校】

〔一〕「雕梁」，清鈔本作「雕闌」。

前調　戊辰生日醉吟

客路三千，年光三十，景緒如絲。念四方有志，飄零蓬矢，五年不返，冷落荆扉。白袷談兵，青燈讀易，多少英雄淚灑時。悔惶甚，又嚴寒歲暮，搔首踟躕。　丈夫有日雄飛。縱貧賤、何須縈夢思。且江湖落拓，逢人短褐，山林嘯傲〔一〕，樂我長饑。著就千言，酒傾一斛，臣醒而狂祇自知。徒語耳，儘玉山筵上，似醉如癡。

【校】

〔一〕「嘯傲」，清鈔本作「笑傲」。

百字令　客夜感懷

蕭條旅館，正夢回酒醒，絮衾成鐵。倚枕無眠尋往事，難按胸中熱血。老劍無靈，孤琴有淚，司馬青衫濕。朔風狂吼，厭看窗外明月。　況是送客年年，於今散盡，喚起愁如織。岐路悠悠難自料，悔煞乘槎蹤跡。畫虎雄心，雕蟲小技，空向彈長鋏。不如歸去，閉門重讀周易。

前調　庚午春朝，壽内母五十

東郊雪裏，正昨宵乍報，一枝春色。遮莫韋皋疏曠甚，燕喜還思疇昔。堪歎冰清，敢誇玉潤，十載風光別。詩傳青鳥，殷勤遥望南極。　整頓淮海流芳，烏衣門第，羨鳳毛殊特。高捧桃觴爭笑道，堂上年剛半百。薄有田園，剩多書卷，養志慈闈側。待週花甲，六君都是人傑。

金縷曲　送高汪若敖、郭貽南歸，用稼軒韻

離恨如何說。遡天涯、二三知己，遞更裘葛。共道歸期須及早，一霎楊花飛雪。能幾度、青絲髮。行矣高言相唱和，並馬蹄、得得敲明月。應念我，倍蕭瑟。梁園久住終成別。擬秋來、長江風便，故鄉重合。輕薄紛紛何足數，贏得清貧徹骨。算此道、今人棄絶。世事弈棋柯欲爛，在鬚眉男子堅如鐵。臨岐語，寸腸裂。

前調　雪中送粲辰、伊武楚遊，和張圯石

冰雪交情久。阻相思、伯鸞溪上，霧迷雲厚。俗眼誰知南北阮，剩有梁園枚叟。最難得、忘形朋友。枯樹寒山縈別緒，和新詞、當折旗亭柳。桓伊笛，梅花酒。衡陽遥望峰添秀。任遨遊、平沙月落，江楓錦繡。問月亭邊尋李白，獨醒長天搔首。笑癡肥、不如狂瘦。我亦飄零湖海客，算由來、若箇憐牛後。珍重意，惜分手。

語花詞

華長發商原著　侯晰粲辰輯　司馬龍藻雲五訂

南柯子

細草桐華逕，微風石子街。何處按紅牙。重門楊柳下，那人家。

憶江南　有序

歲聿云暮，夕且告除。清猿聲裏，已越三年；榕樹陰中，方經萬里。時當未遇，每長恨以呼天；路值多岐，欲埋憂而無地。既作天涯之客，況逢摇落之辰。子山之賦傷心，江關蕭瑟；浪仙之懷舊土，客舍低徊。故園松菊，徒繫人思；異國鶯花，無當玩好。偶從枕上得《憶江南》四闋，俾一年好景，歷歷於心者記之。正如宗少文之衆山皆響，聊當卧遊；陶靖節之《歸去來辭》，形之寤寐云耳。

春日好，桃塢麗人行。碧玉釵横圍步障，縷金裙繡走霞城。忙殺柳中鶯。

其二

夏日好，萬緑覆横塘。嫩笋堆盤櫻共薦，新茶小閣雨中嘗。梅豆又盈筐。

其三

秋日好，天畔雁來初。野稻乍肥思籪蟹，秋風纔起買鱸魚。黄菊遍庭除。

其四

冬日好，盆貯水仙幽。密室煖吹紅獸炭，開樽寒擁白貂裘。爆竹滿天流。

江神子

水發梅花碧似羅。夜船過。聽吴歌。竹枝一曲、寫寄託江波。説與儂如天上月，圓日少，缺時多。

羅敷媚

如何又是三春至，鶯語東家。燕語西家。看盡桃花更李花。　如何又是三春去，綠滿窗紗。紅斷窗紗。數盡昏鴉更曉鴉。

浪淘沙　客中午日

小飲晝開觴。竹細風涼。催人節序恁匆忙。只有葵榴能伴我，客裏端陽。　天際憶歸航。水遠山長。黯然一别自神傷。空對夕陽芳草路，費盡思量。

唐多令

何事别離輕。情懷兩地分。吴頭楚尾幾曾經。料得故山猿鶴也，應笑我、未歸人。　越嶺暮鐘聲。吴山接斷雲。數將來都是離情。記得臨行私囑語，切莫要、過清明。

酷相思

兩載吳山并越水，又值荷風清暑。算年來踪跡真無據。待歸也、留無計。待留也、歸無計。　終夜潺湲孤枕起。總是離人淚。試問江帆開也未。人去也、書難寄。書去也、人難寄。

南鄉子　梟磯弔昭烈夫人

遺廟祀江洲。紅粉凋殘土一坵。遥望瞿塘歸夢杳，悠悠。不盡長江滚滚流。　何事賺荆州。鼎足三分志未休。鐵鎖千尋燒斷後，孫劉。一樣降帆出石頭。

沁園春　落花

紅雨滿園，情難自禁，此際傷春。悵遲來杜牧，空尋舊約，重過崔護，題向誰門。暖策青驄，鳴鞭嘶去，散作吳宫錦繡紋。招尋去，訝鶯啼漸老，緑蔭方新。　依稀倩女離魂。縱入夢悠揚也化雲。恐女郎挈伴，疑非舊路，牧童遥指，又失前村。百里錦江，千年玉洞，洗盡臙脂過雨痕。夜遊也，須高燒銀燭，莫空金樽。

前調　登謫仙亭

采石磯頭，躡屐來登，興懷謫仙。問沉香倚醉，宮袍曾着，夜郎流竄，彩筆誰憐。一代才人，遭逢如此，漫説風流詩百篇。光萬丈，但西南照徹，瘴雨蠻煙。　而今豪放誰傳。道天子呼來不上船。歎騎鯨客去，祇餘紅蓼，挂帆人遠，莫問青蓮。江上清風，山間明月，何可無君一醉眠。憑高望，見酒星如炬，牛斗之間。

浣溪沙　舟雨

四望迷離路不通。青山一片白雲封。看來天地有無中。　鄉夢欲隨流水去，愁懷都付五更風。冷煙一抹似情濃。

鷓鴣天

高閣凝妝望若仙。姨姨娣娣並芳年。常疑鮫室珠爲淚，不信藍田玉有煙。　增嫵媚，鬬嬋娟。憑誰深妒見猶憐。鄰家小婢皆明慧，誦得庭前詠絮篇。

其二

賣賦經營索笑金。援琴猶未遇知音。一雙白璧難爲聘，十斛明珠豈買心。　追往事，費沉吟。此情何況到如今。閒來偶過曾遊處，青粉牆頭覆緑陰。

江城子　湖樓

沙明水淨櫓聲柔。白蘋洲。片帆收。記取湖頭好景、報交遊。隄帶城襟明鏡裏，當日事，付東流。　柳絲偏綰一航留。漫凝眸。恨無休。也似舊時王粲、强登樓。雲做奇峰天半峙，遮不斷，許多愁。

傳言玉女

無計留春，又是海棠開近。落紅如雨，怪東風薄倖。香篆煙消，半榻厭厭成病。一點春寒，夢回人靜。玳瑁梁間，不忿燕兒廝並。顛狂柳絮，似人心無定。笑語當年，辜負昔時好景。無端天際，忽圓青鏡。

滿江紅　會稽懷古

萬馬奔騰，錢江上、橫流無定。但滿眼、風光似練，晴山如桁。禹穴苔生封古篆，蘭亭草没餘荒徑。問山陵、何處哭冬青，天陰暝。呼君子，潮聲應。弔西子，溪流映。歎十年生聚，而今安剩。指點六陵衰草外，鵑啼長喚行人聽。笑書坐，吟遍古江東，隨鞭鐙。

前調　施中感懷

作客他鄉，忽動我、一聲長歎。難回首、少時情事，風流雲散。結客黃金成逝水，凌雲詞賦餘霄漢。到中宵、撫劍捫雄心，猶難按。　沽醽醁，裘常典。題詩句，髯空撚。縱窮途阮籍，豪情彌見。同學人誇車十乘，半生我負書千卷。笑而今、踪跡類飄蓬，何曾慣。

前調　雲門寺

翠竹高梧，間幾樹、垂隄疏柳。最喜是、萬峰深處，數椽如斗。白鶴沖開煙冥漠，清泉界斷山前後。道名山、古盡是僧家，言非謬。　松陰色，虚樓受。鶯簧舌，閒窗奏。正緑濃庭院，小池清晝。一枕羲皇魂夢穩，風塵到處難回首。奈晚鐘、催去入人寰，愁來又。

百字令

屏山幾曲，記相逢未嫁，迴波微溜。雅淡梳妝人似玉，可是麗華身後。南國佳人，苧村越女，豔色傳來舊。而今覿面，天然丰格標秀。　偶把往事重提，衣香鬢影，不覺相思又。芳草亭臺人去也，剩下絲絲細柳。雛燕嬌鶯，去年此際，正早春時候。怎能飛去，鏡臺時侍左右。

金明池　題周櫟園畫册

櫟園先生，風浪萬端，煙霞一往，採滄洲之圖畫，作緑野之盤桓。三更開卷，輒呼絶代奇文；廿載隨車，直結生平良契。從容臺閣，惟餘金石之聲；跋涉山川，盡協絲桐之響。彼昌黎華嶽難登，翻多一慟；柳仲林攄有記，未盡千言。豈如烹泉石上，窮五岳之奇；載酒舟中，盡三都之勝哉？

匝地青山，掀天碧浪，總爲櫟園飛舞。風日淡、畫船錦纜，又疏雨薄雲夾路。展奚囊、檢點煙霞，相期待、紅葉黄花未暮。更鴻雁霜高，葭葦露冷，事事畫圖堪妒。翻笑當年都是誤。縱梓澤平泉，怎能千古。天台好、半幅攜來，蜀道難、一肩擔過。儘流傳、滄桑無數，只雲山形影，煙波風度。任玉勒珠纓，麟符虎節，不向此中迴步。

釵頭鳳　題司馬雲五《秀野居詩集》後

庭初靜。春還冷。緑紗窗淨光浮鏡。鶯聲脆。花陰碎。四圍山色，一尊酒對。醉。醉。醉。　香催陣。苔添印。素心人到南村近。詩篇麗。詞章綺。長卿遊倦，著書成未。秘。秘。秘。

香葉詞

張振雲企著　侯晰粲辰輯　黄㠭齡觀顒訂

浣溪沙　詠梅

玉骨冰心世外姿。霜前雪後想淒其。此情好與月明知。
寂寞蒼苔春較冷，低徊疏影夢還遲。碧紗窗下正相思。

前調

幾日花開花又殘。捲簾愁坐怯輕寒。自憐消瘦帶圍寬。
幽夢乍迴春悄悄，嬌鶯自在語關關。更無心緒倚闌干。

前調

緑暗紅遮欲暮天。懶從書架理牙籤。幾回愁坐幾回眠。
已是夜來風繚繞，更聞簾外雨冥綿。

箇儂憔悴轉堪憐。

長相思　惜别

來未期。去未期。夢裏分明話别離。覺來紅淚啼。　思依依。恨依依。一葉舟輕雙槳遲。沙鷗兩岸飛。

前調　閨夜

花滿溪。月滿溪。月影花香睡未宜。隔溪聞馬嘶。　煙絲絲。柳絲絲。柳色煙光望處迷。愁深眉黛低。

赤棗子

春去也，日初長。水晶簾畔倚紅妝。一寸横波流不住，教人容易斷迴腸。

卜算子

繡户鎖春暉，畫閣飛煙縷。底事朝來暗惱人，葉葉芭蕉雨。 衫薄不禁寒，夢覺還無語。小鳥枝頭只管啼，不管人愁緒。

菩薩蠻 冬閨

玉樓凍合寒生粟。剪聲細細停紅燭。窗外雪花飛。天邊雁也稀。 夜深更漏永。睡鴨沉煙冷。虚度可憐宵。香閨夢寂寥。

其二

枕邊聽徹雞聲小〔一〕。寒深一倍愁難曉。敲罷五更鐘。窗含曙色中。 繞簷冰箸凍〔二〕。照見清無夢。欲起着衣難。起來霜雪寒。

【校】

〔一〕「聽徹」，清鈔本作「聽得」。

〔二〕「繞簷」，清鈔本、雲輪閣鈔本皆作「曉簷」。

傳言玉女　重陽後二日，雨中舟泊嘉禾

越水吴山，恍是夢中歸路。萍蹤無定，不管黄花吐。重陽過也，猶作滿城風雨。水天雲淡，畫船曾駐。煙雨樓臺，醉月吟風何處。此時堪歎，但有愁無數。停杯試問，空目斷西陵渡。幾聲征雁，横空飛去。

前調　煙雨樓本五代時竟陵王錢元璙所建，其故址在南湖中滮湖上，今已不可考矣。明嘉靖間，太守趙左山因濬市渠，置瓦礫於湖中，遂積成丘，因樓其上，仍舊額云。

望裏樓臺，不復曩時基址。雨飛風驟，一霎成今古。芳名猶在，空憶當年簫鼓。只如此際，足銷魂矣。僕本恨人，一舸蒹葭深艤。凭高眺遠，正目送歸鴻去。玲瓏窗户，依舊迷離煙雨。

聊憑杯酒，遺懷而已。

摸魚兒

戊午秋，余客燕臺，聞有豫章李氏者，被掠將入京，途次兗州店中，一夕以石灰作書，留二詩於壁，自縊死。詩云：「新結盤頭卸漢妝，銀環換却小鳴鐺。風塵改盡當時面，不敢逢人説故鄉。」「十六盈盈始嫁郎，鴛鴦有伴宿蒲塘。一朝鼙鼓西江震，千里風塵北塞長。夢繞家鄉猶昔日，生逢夫主是何方。微軀憔悴肌消瘦，死後誰憐玉骨香。」時余即南歸，不及詢其詳，聊作小詞弔之，俾後之覽者知有豫章李氏也。

猛回頭、風塵滿眼，一朝生死殊路。天南地北腸應斷，破鏡與人俱去。離別緒。湘靈苦、淚珠滴盡憑誰語。望中草樹。邈南浦西山，夢魂千里，寂寞荒城暮。臨眺處。魯殿秦碑非故。題詩字字悽楚。亭亭倩女今何在，幻作冷雲煙霧。應記取。未信與、燕姬趙女俱黄土。斜陽雁度。悵玉碎紅飛，躊躇馬首，摇落秋無數。

夜行船　本意

清夜悠悠誰共。櫓聲伊軋波聲動。枕前猶自唱吴歌，都付與、閒愁種種。　轉轉不容成蝶夢。月斜鐘遠雞聲送。擁衾愁坐卷簾看，覺今夜、霜華較重。

虞美人

春來春去春難住。又送春歸去。重門深鎖一春閒。聞道牡丹開謝、不曾看。　年年底事情牽惹。何況春歸也。倚闌無計散閒愁。望斷一江春水、思悠悠。

小重山　詠雪

旋撲珠簾過粉牆。蕭蕭窗外響、繞蘭房。銀鋪滿地玉爲堂。樓上望、閒立畫欄旁。　風急舞偏忙。故穿庭樹上、試梅妝。晚來飛絮更顛狂。寒逾重、輕片濕衣裳。

燭影揺紅　七夕

鵲駕横空，含嬌欲渡風波淺。誰知又是别經年，瞬息情重展。豈是塵緣未斷。料天孫、愁思難免。今宵歡愛，昨夜悽涼，明朝悲泫。　缺月如梭，銀潢淡淡秋風卷。流螢乍見影湘簾，却向層樓遠。漫笑靈妃夢短。應惆悵、畫堂深院。人間樂事，天上佳期，風雲頓遣。

滿江紅　西湖弔古

千古錢塘，算只數、射潮英傑。笑南渡、衣冠褦襶，都無人物。廿載徒成奸相計，一抔空瘞將軍骨。歎花陰樹色總無情，添嗚咽。　隄畔柳，湖邊月。相映處，山連碧。更何人横倚，中流擊楫。落日蒼涼尋故事，綺羅絃管俱飄忽。問當年、誰並葛仙翁，林逋客〔一〕。

【校】

〔一〕「山連碧」後三十四字，清鈔本、雲輪閣鈔本皆闕。

沁園春　玉照堂分賦台洞雙遊

緑樹參差，丹崖迢遞，迴隔塵埃。正採藥溪頭，相忘近遠，流杯洞口，忽見樓臺。綽約雙姝，柔肌似雪，千樹桃花向臉開。欣逢處，恍人間天上，幾度疑猜。莫教便擬輕回。倩青雀傳情鳳鳥媒。記飯煮胡麻，香飄玉粒，酒傾玄露，色映瓊瓌。歸路依稀，殘霞半捲，一晌春光照碧落。從今去，問仙郎何日，跨鶴重來〔一〕。

【校】

〔一〕清鈔本、雲輪閣鈔本祇列詞牌，詞題與正文皆闕。

阮郎歸

小桃初放近清明。橋邊柳色青。細風吹雨滿春城。聲聲不住鶯。　簾幕捲，紵衣輕。日高聞賣餳。相邀結伴踏莎行。萋萋草又生〔一〕。

【校】

〔一〕清鈔本、雲輪閣鈔本只列詞牌，正文皆闕。

畫堂春　題宫妝美人圖

眼波微倦柳絲眉。嬌癡不語頭低。牡丹花下坐多時。似惜春歸。　鳳帳愁中寂寞，羊車夢裏依稀。薄衫輕扇淚臙脂。幽恨誰知〔一〕。

【校】

〔一〕清鈔本、雲輪閣鈔本只列詞牌，詞題與正文皆闕。

望湘人　惜春〔一〕

倚朱闌眺望，唤月池邊，又成新緑如許。紅杏飄香，緋桃逐水，次第伴春歸去。繡閣沉吟，書幃冷淡，幾番愁聚。聽樹頭、百囀啼鶯，似欲把春留住。　多少傷情舊事，任年光如駛，尋思無據。正深掩重門，閒却吹簫院宇。夢回酒醒，雨絲風絮。總是斷人腸處。更兩地、蘭炧香銷，同聽紞如街鼓。

【校】

〔一〕清鈔本、雲輪閣鈔本詞題皆闕。

浪淘沙　閨情

簾外雨濛濛。門掩重重。石欄池畔水溶溶。却喜晚晴天漠漠，煙月朦朦。　城上鼓鼕鼕。雲髻鬆鬆。舊歡新夢苦匆匆。隔院歌樓聲悄悄，猶撥東東。

南歌子　和惜軒韻

鎮日熏香坐，凝妝悄倚欄。東風也自不曾閒。吹得花開花綻、又吹殘。　葉底鶯聲滑，梁間燕語蠻。十分心事説應難。只是背人嘗把、淚珠彈。

天仙子

畫閣雕欄春暗度〔一〕。行來羅韈蒼苔護。日長人倦不勝情，香滿炷。風吹幕〔二〕。啼鶯却在花深處。

【校】

〔一〕「度」，原作「渡」，據清鈔本、雲輪閣鈔本改。

〔二〕「幕」，清鈔本、雲輪閣鈔本皆作「暮」。

愁倚欄令　和程正伯韻

春將暮，日方賒。鳥啼花。人在畫樓深院裏，唤茶茶。　罷閒愁，看棲鴉。枕兒上、雲髻攲斜。正是海棠春睡去，莫驚他。

其二

花影亂，鳥聲譁。歎年華。見説小桃開盡了，倚闌斜。　恨悠悠，撥琵琶。重門閉、夢繞天涯。偷向月中行又住〔一〕，莫驚他。

【校】

〔一〕「住」，清鈔本作「止」。

我靜軒詞

王仁灝 適林 著　侯晰 粲辰 輯　施銓 均衡 訂

滿江紅　泛海

拍岸銀濤，狂飇助、壯懷激發。睇望處、空濛煙雨，遠山如抹。一幅移來摩詰畫，數行揮就張顛筆。任輕舟蕩漾涉江湄，尋明月。　田横島，風波息。閩海嶼，塵灰滅。歎斜陽衰草，斷戈殘戟。緑柳青莎犁雨足，白蘋紅蓼蛩聲咽。問行蹤、勾漏覓丹砂，違京闕。

鷓鴣天　憶别

菡萏香殘荔子紅。榕陰緑覆小池東。昨夜夢回江水上，今朝身在畫屏中。　人憶别，意無窮。那時分手忒匆匆。蟬聲斷續垂楊路，千里關山皓月同。

點絳脣

春到江南，東風著意催芳草。乳鶯啼曉。林外孤峰小。　暗數年華，半向邯鄲老。傷懷抱。青衫濕了。無箇人知道。

鳳棲梧　潛陽元日

柏酒俄驚新令節。客舍迢遥，望玉京雙闕。紅旭纔臨宮漏徹。早梅逗處瓊樓雪。　咫尺雲山千萬疊。目斷長安，難把雄心滅。欲寄塞鴻鴻影絶。空庭依舊霜天月。

百字令　送潛陽金肯公初赴燕臺

芳郊草緑，雨霏霏、將近花朝時候。乍暖乍晴寒尚峭，釀作飛瓊遍覆。萬樹冰澌，一簾玉映，憶得人如舊。剡溪夜訪，至今韻事還又。　猛想昔日梁園，鄒枚授簡，頃刻千言就。握管如君多逸思，猶伴階除鶴瘦。强半春光，凄迷煙柳，把韶華催驟。杏花開也，上林沽遍春酒。

前調　雪湖荷亭眺望

小亭簾幕，微風起、吹亂一湖新碧。雨過横塘香更遠，遥望水天一色。露滴圓珠，光摇翠蓋，疊浪翻瓊雪。菱歌響處，白鷗時起時没。　試問鶴錫名區，胭脂廢井，勝事皆陳跡。著屐頻來閒眺望，夢裏渾忘是客。誤落塵寰，神仙富貴，兩字蹉跎失。梧桐疏影，莫教辜負明月。

前調

梨花春掩，小庭幽、怎地春光難售。飛雪漫隨風蕩漾，還似冬殘時候。杏臉嬌含，柳眉愁蹙，妝點溪山瘦。瑶臺月下，儘教獨自消受。　追憶放鶴亭邊，壩橋驢上，風景依然舊。碎玉聲聲寒欲訴，是處珠懸簷溜。小閣焚香，茶煙一縷，圖史娱清晝。立來久矣，窗前忽訝君叩。

竹枝　鰲江郊行紀事

旌旗曉日動春暉。處處紅稀緑正肥。不道天南風土異，落榕三月葉分飛。

其二

樓船歲歲苦長征。歎息潢池未解兵。一自皇師平海嶼，至今桴鼓不曾鳴。

其三

濱海人歸補爨煙。漁歌起處夕陽船。蠣蝗採過江瑶盡，網得鰣魚分外鮮。

其四

蘭芽初茁荔枝紅。麥飯蓴羹田舍風。社飲家家扶醉叟，笑談今歲又年豐。

浣花詞

杜詔紫綸著　侯晰粲辰輯　顧衡文倚平訂

浣花詞序〔一〕

元微之曰：余讀詩至杜子美，而知古人之才有所總萃焉。不復以青蓮並稱，文章光焰，頓覺軒輊。至於樊川，詩格拗峭，且力矯長慶，何有西崑諸子矣。然此但就詩論詩，若以長短句言之，則青蓮之《菩薩蠻》《憶秦娥》，故非飯顆山頭苦吟所及。而《金荃》小令，即阻風中酒者見之，當自遜能。雖云壯夫不爲，實亦天分有限。宋人以詞名者，指不勝屈，而其中若《壽域集》，吾無取焉。竊疑詩詞不甚相遠，何前後杜氏，才高若是，顧並優於彼而獨絀於此也？乃今而得吾紫綸。紫綸文采斐然，方掩帷治舉業，間以其暇作爲詩歌。所著《浣花詞》若干首，風流蘊藉，詞如其人，而命名則取諸少陵所居。夫白沙翠竹，遺址僅存，韋端己極愛之至，取以名其集，又自言晨夕相伴，惟樊川一卷。其《花間》長短句，安知不從杜氏五七言而出？詩是君家事，雖謂君家之詩即君家之詞，何不可者？紫綸詞最近端己。冰生於水而寒於水，久之仍見爲水；韋源於杜而工於杜，久之亦仍見爲杜。飆流所始，同祖風騷。詩在六朝曰綺靡，在三代以上曰温柔敦厚，此非詞源之所自出者乎？自是而漢魏樂府，而楚辭，而三百篇，皆於詞焉悟之，即皆於紫綸勉而進之矣。同邑友人顧貞觀書。

【校】

〔一〕醉書闕二十一卷本無此序，據清鈔本與雲輪閣鈔本補。

憶王孫

春遊到處卓香車。入柳穿花似若耶。認得東風一逕斜。是伊家。細雨濛濛綱碧紗。

臨江仙　春雪

約東東風微霰集，裝成一抹煙郊。珠簾旋撲影旋消。不隨飛絮亂，先替落花飄。　空解辟寒難倩玉，爐煙扶上雲翹。倚欄呵鏡轉無聊〔一〕。春山原未改，雙黛不須描。

【校】

〔一〕「轉」，清鈔本作「最」。

金縷曲　雪後月中望梅，用秋水軒韻

幾陣東風卷。是誰將、生綃剪就，紛紜難遣。何似凌波縹緲絶，粉淚生憐齊泫。留不住、絲絲冰繭。陡地清光凝碧落，捧珠胎、暈出春痕淺。微茫裏，梅妝展。　望中依約全身顯。似空濛、緗羅一幅，裁圓疊扁。領取幽芳還好護，不見憎蘭猘犬。只從此、飄零未免。愁絶人間難位置，廣寒宫、欲問姮娥典。塵土夢，一時翦。

江神子

禁煙將近緑初匀。悄重門。掩芳塵。幾陣輕寒輕暖、便黄昏。休上小樓頻送目，何處認，遠山痕。　春心還似柳絲紛。畫屏人。翠眉顰。好趁爐煙、劃就斷腸紋。眼底離愁消不得，憑淚寫，石榴裙。

風流子　己巳二月，黄埠觀燈紀事

何多行樂處，湖隄畔、淡日雨初收。恰楊柳波心，九枝燈影，芙蓉鏡裏，十二層樓。更添得、青簾垂白舫，紅袖拂銀鈎。別樣風光，不輸吴苑，暫時歌吹，略似揚州。　翠華曾小駐，當此際、無限錦密香稠。我亦倚風延佇，着意凝眸。問侍從相如，幾陪宵宴，飄零王粲，閒看春遊。那更夢隨鵷鷺，身共瀛洲。

點絳唇

柳外飄燈，一聲漁唱來平野。水流花謝。無限春寒夜。　今夕何年，緑酒杯中瀉。相樂也。已而相泣，旁若無人者。

滿江紅　清明

問取花枝，可會得、倚闌人淚。花欲謝、花應歎息，似人憔悴。寶鈿遺時香澤膩，紅絲繫處鈴聲脆。怕等閒、春色易飄零，隨流水。　細雨歇，餘寒退。誰共向，花前醉。記鞦韆影裏，酒闌分袂。一寸柔情扶不得，雙飛燕子何曾背。正東風、吹亂緑楊絲，斜陽碎。

綺羅香　西湖晚歸，用梅溪韻

不盡春情，無多春色，眼底旋看春暮。遊子青衫，飄泊倩誰留住。最堪憐、夢斷西陵，恰早是、月明南浦。又無端、湖水湖煙，鳳凰山下迷歸路。　依稀第六橋邊，正落花風裏，畫橈爭渡。小隊鑾裝，勝却吳娘眉嫵。看欹斜、帽影簪花，更揚鞭、認伊歸處。何須記、芳草天涯，朝雲腸斷語。

沙塞子

消愁擬倩餘酲〔一〕。奈夢裏、人孤易醒。況更薄寒風細，斜月疏欞。　百花庭院悄無聲。正燭滅、香消畫屏。誰知我、卷簾樓上，看落春星。

【校】

〔一〕「倩」，清鈔本作「遣」。

南鄉子

幾看卸頭眠。領略殘妝別樣妍。不信藥闌分袂後，從前。纔着思量便渺然。　錦瑟怨華年。腸斷春風夢不圓。記取朦朧燈影裏，凭肩。一袖香分兩袖煙。

相見歡　草

暖風吹綠初勻。漸成茵。補盡吳王宮殿、石苔紋。　春狼籍。愁如織。怨王孫。無奈淡煙微雨、欲黄昏。

眼兒媚　倚宋詞

新羅一盞綠輕浮。曾典鷫鸘裘。畫屏移燭，綺窗籠袖，對結眉頭。　心情不解因春換，屈指數春愁。東風何意，梨花謝了，不放春休。

百字令　積書巖牡丹盛放，寄梁汾顧先生

東風吹遍，百花叢、又是牡丹開也。淺淡臙脂紅一捻，最好月明清夜。露暗花房，春深羅薦，只怕殘妝卸。更無人處，凭闌特地瀟灑。　試看竹葉侵簾，茶煙繞榻，好結香山社。因甚韶華渾負却，判作倦遊司馬。彈指聲中，畫眉影裏，漫把烏絲寫。清平詞調，幾時消盡風雅。

踏莎美人

鬢濕花煙，裙垂竹葉。水晶簾底朦朧月。半身微亸傍銀屏。爲愛欹斜小影、試移燈。　未算歡期，翻成愁別。情絲待把離魂接。博山香篆瘦棱棱。爭得紅綿淚落、不成冰。

洞庭春色　次顧倚平韻

何處重尋，可堪重到，舊日房櫳。記薄羅初試，輕寒側側，柔鬟未剪，曉綠葱葱。幾度卷簾還

拂鏡，待料理新妝別樣工。曾攜手，看春山淺淡，一晌臨風。　心期未隨流水，怕從此、各自飄蓬。便夢中尋覓，總成縹緲，尊前歡笑，俱極疏慵。最是閒心無處着，趁一線遊絲颺碧空。相憐甚，更愁蛾沁緑，醉纈拋紅。

望海潮　次嚴人溶韻

檠消殘蠟，鏡收殘黛，匆匆暗沁柔腸。愁緒難禁，病顔猶好，問伊何事摧傷。未許便相忘。最可憐清夜，影在迴廊。翠袖寒生，照人無奈月依牆。　儘多心事誰商。似秋蓮最苦，難與分嘗。漫寫相思，幾曾相寄，還教鳳紙收將。剩兩字淒涼。況劉郎別後，何處仙鄉。落盡桃花，綵繩無計繫春陽。

步虚詞

悄悄擁爐時節，遲遲剪燭房櫳。枕邊花落膩殘紅。欹側釵頭小鳳。　睡裏旋消酒暈，醒餘還似春慵。鈴聲不耐五更風。並起秋衾説夢。

滿庭芳

曾染烏絲，旋分紅袖，生憎無計淹留。魚箋不到，消息總沉浮。可奈鴛飛相背，應難認、天際歸舟。謾依約，珮聲釵影，清夢小紅樓。　情知相望處，柳綿飄盡，梨雪全收。怕餘寒猶峭，好下簾鈎。待説不關春瘦，爭欺得、鏡裏雙眸。依舊是，淚絲淒斷，翠黛可勝愁。

黄金縷

鹿鹿何堪塵思攪。我道人生，對酒當歌好。一曲紅樓聲窈窕。燭盤墜燼鶯啼曉。　判却玉山長自倒。酣醉無聊，破涕能爲笑。門外春風吹未了。元來吹盡閒花草。

雨中花

同侯粲辰、華子山小飲，花前分韻

不信春歸如過翼。儘春恨、一時堆積。有淚看花，無言對酒，白日真堪惜。　未識人生何計得。且料理、疏狂風格。斸藥鉏輕，摘蔬籃小，荷鍤東西陌。

青玉案　次顧倚平韻

青溪白石相逢路。漫回首、風吹去。誰説柔鄉容易住。憶分羅袖，憐抛羅纈，空着秋娘句。
碧雲暮合零紅雨。徒自苦、添離緒。翩若驚鴻無定所。青衫剩得，淚痕幾點，記取關情處。

南歌子

相見抛紅豆，何從乞紫雲。淡妝濃抹細能分。第一藕絲衫子，柳花裙。

沁園春　魚子蘭

露濕青磁，煙籠碧葉，春風綺寮。是漢皋遺佩，空留香草，麻姑擲米，散落柔條。淡絶丰姿，不教開謝，省得看花淚點飄。闌干外，問幾枝應剪，休待來朝。　隔簾紅袖相招。倩小小、鸞釵點翠翹。只嫩黄初試，先愁易落，清芬欲染，未怕旋消。多少珍珠，絲絲難繫，知爲何人慰寂寥。相憐處，到殘妝卸後，零亂紅綃。

金縷曲

此夜清無暑。問誰憐、水晶雙枕，獨眠人苦。澧有蘭兮沅有芷，不斷柔情幾縷。曾未識、相逢何處。見説生涯原是夢，渺層樓十二西風路。人欲睡，遊仙去。　濛濛望裏花如霧。待逡巡、女床窺遍，棲鸞何樹。對擁雲鬟珍重好，消得幾回凝佇。但零落、曉燈風露。人世幽期元易散，總難忘、草草臨岐語。待譜就，傷心句。

前調

舟出南塘，風雨驟至，詞以遣興

獨倚蓬窗立。正凝眸、平隄漾緑，半湖浮碧。佳處便須移棹去，可奈溪雲弄夕。又望裏、茫茫無極。帆飽舟輕去如駛，縱波濤不礙乘風葉。任翻動，江山色。　平生得意無人識。待驅除、軟紅十丈，閒情堪適。細雨濛濛棲泊處，隨意緑簑青笠。只誰共、雨中横笛。風景此中殊不惡，放狂歌、自有漁樵答。看一縷，孤煙直。

前調　題《香眉亭詞》後

太息人間世。古今來、幾人能得，爲知己死。肝膽如君真絶少，畢竟向誰人是。問公子、何如無忌。此意從今纔識取，爲君歌一曲千行淚。君不見，悲風起。心期肯便隨流水。且由他、翻雲覆雨，置身何地。甚日飄然歸去也，人在香眉亭裏。重檢點、杏花殘紙。未必鄒陽長繫獄，獄中書、會達孤臣意。莫短盡，英雄氣。

前調　夢遊飛來峰

恍若非塵世。驀乘風、泠然善也，幾時來此。雙屐不嫌苔逕滑，何限登臨深意。正刻削、一峰孤峙。上有倚空之絶壁，俯潺湲漱玉之流水。休拂落，滿空翠。分明是處曾遊地。喜飄然、霎時飛度，關山千里。不辨齊州何處是，九點濛濛煙裏。還重省、此身如寄。劃地風回惆悵絶，小闌干、月影人扶起。好領取，閒滋味。

醉花陰　倚宋詞

衰柳垂垂當永晝。畫閣偎金獸。誰喚起西風，捲盡斜陽，却放新寒透。　飄零況到傷心後。有淚煩紅袖。還是共天涯，問對黄花，憶着誰人瘦。

點絳唇

小立層樓，遠山愁接雙眉暈。更誰人問。清淚漂紅粉。　歷歷從頭，消息無憑準。黄昏近。歸鴉成陣。一幅江淹恨。

菩薩蠻　登吴山

吴山第一峰頭出。茫茫江色分湖色。依舊繞臨安。何曾立馬看。　畫圖收拾起。無復風塵矣。山路亦崚嶒。長歌試一登。

喜遷鶯　秣陵秋感

青山何事。尚繞遍清江，髻鬟對起。玉樹飄零，胭脂蕪没，舊事六朝空記。試望十三樓上，轉眼風流盡矣。誰曾見，有長溝複塹，尚埋雲子。　作客還來此。搔首臨風，尋去長干里。弔古情懷，苦吟況味，消盡庾郎才思。無恙石城桃葉，不管新亭流涕。相看處，是淡煙衰柳，秣陵秋意。

水調歌頭　放舟五湖，同商原華先生賦

落日放船好，況復五湖東。微茫遠樹如薺，倒影浪花中。不識滄溟近否，渾似瀟湘暮靄，着我一孤篷。且聽采菱曲，還待鯉魚風。　依然是，秋水闊，冷芙蓉。扣舷時復長嘯，點點數征鴻。試問煙波深處，誰共小紅吹笛，一去杳無踪。回首碧雲合，歸路入冥濛。

木蘭花慢　落葉，次馬碧滄韻

看天高木落，誰復認、舊林皋。恰一夜西風，吹成瘦骨，葉葉蕭蕭。最怕霜淒月冷，甚無端着意做秋宵。試比落花情緒，生憎別樣無聊。　緑陰青子等閒拋。留取藥爐燒。向斷雁聲中，搗衣砧裏，舊夢都消。可會倚闌無語，爲飄零踪跡苦難招。猶記哀蟬一曲，重來唱徹魂銷。

憶舊遊　悼顧蓰湄，次朱贊皇韻

記共君五載，幾度清遊，雪月花時。不盡他年約，奈驚秋蒲柳，摧折如斯。分明夢中攜手，聽唱鮑家詩。問飄泊何依，疏狂安在，空繫人思。　淒其。凝望裏，只細雨青燐，着處迷離。無限淒涼意，歎舊交零落，誰問新知。可惜卷葹香草，淒絶水之湄。便賦得招魂，春心千里難共期〔一〕。

【校】

〔一〕「春心千里」，清鈔本、雲輪閣鈔本皆作「千里春心」。

一翦梅

小樓殘月夢初醒。月不分明。夢不分明。可堪宮樹恰飄零。落處秋聲。聽處愁聲。曾將身作護花鈴。憔悴緣卿。珍重煩卿。小屏風上舊同行。來是離亭。去是孤亭。

酷相思

欲別還留歌白苧。只一點、情難訴。算新恨、不離新別處。記別也、江淹賦。記恨也、江淹賦。送君去路儂歸路。只隔江亭樹。看煙水濛濛當極浦。歸路也、風吹雨。去路也、風吹雨。

疏簾淡月　水仙花

染黄匀白。恰宛在中央〔一〕，盈盈似雪。依約蛾眉淡掃，清愁凝結。山礬料亦難爲比，只梅花、與卿雙絶。未知何處，蕊宮仙子，香沁花骨。　待摘向、冰壺寒怯。況玉露銀盤，風韻淒切。洛浦相逢，最憶凌波羅韈。佩珠零落蘅臯冷，怕曉來、夢斷難接。衹堪消受，緑窗掩映，疏簾淡月。

【校】

〔一〕「恰宛在中央」，清鈔本作「恰宛在、水中央」。

壺中天慢　燈花，用易安韻

向明還滅，問誰憐孤影，綺櫳深閉。暈出輕紅剛一點，旋滅一絲煙氣。密帳潛移〔一〕，翠屏低款，領取閒滋味。可能來日，鳳箋小字相寄。　最憶。擁髻燈前，鬟香零亂，雙袖相偎倚。拂拂飛蛾青不定，怎禁夜寒風起。不爲春愁，依然花落，頃刻傷人意。遥憐此際，輕盈欲剪還未。

【校】

〔一〕「潛」，清鈔本作「旋」。

大酺　夜步溪橋，同唐臣哉賦

正暮雲重，蒼煙合，並寫江天一幅。迷濛人不見，又朔風吹和，幾聲愁曲。小港停舟，空灘落雁，細火隔林茅屋。沿溪尋路去，認畫橋紅板，酒旗斜矗。且縱飲狂歌，還與高陽酒徒相逐。

微吟聊躑躅。笑我輩、因甚成拘束。君試念、吹簫吴市，操瑟齊門，却何如、佩蘭餐菊。回首長安路，秋塵起、易傷心目。況人世、風波足。憑君飄蕩，休使兩眉愁蹙。夜深長共秉燭。

更漏子　遊虞山，抵拂水時夜將半

算狂遊，無過是。淡月淒風如此。驚殘葉，作秋聲。山空世界清。　聽澗響，望湖明。蒼崖峭壁縱横。消不盡，此時情。荒涼石甃城。

望江南　水居

人初起，鏡裏曉雲横。千縷緑楊招畫舫，一竿紅日曬魚罾。春浪碧層層。

浣溪沙　元日閨中曉起次韻

珠箔飄燈燭影斜。試將金斗熨輕紗。似儂妝束是誰家。　未上玉釵羅勝子，先簪雙鬢水仙花。愛他閒淡謝春華。

轉蓬詞

馬學調玉坡著　侯晰粲辰輯　黃裕燕初訂

菩薩蠻　聽歌

空階坐待林間月。疏槐影薄蟬聲咽。鳳吹隔鄰牆。遥聞珠翠香。　愁多腸易斷。細聽梁州按。一曲紫雲迴。高城玉漏催。

浪淘沙　城南寓目

御柳半凋枯。偶見新蒲。樓臺妝點帝京圖。隔岸人家爭繫馬，俠客呼盧。　淺水喜平鋪。中有鳧雛。鮮衣麗服霍家奴。來往濯龍門下過，塵暗天衢。

虞美人　惜花

雛鶯乳燕年方妙。桃李當含笑。杏花昨夜盡情開。翻惹雨絲風片、一時來。　人間麗色偏招妒。莫怨青陽誤。小窗擁被不成眠。安得護花旛子、立簷前。

蝶戀花　秋曉

燕未辭巢鴻尚杳。連夕金風，苑内梧桐老。長樂鐘清雙闕曉。槐花滿地人爭掃。　滚滚輪蹄紛古道。獨上高岡，四野蟲吟草。自昔幽燕涼最早。幾家白練秋砧擣。

前調　杏花

萼緑仙人妝已卸。倩女紅衫，試著鞦韆下。肯許東風容易嫁。牆頭恐有黄鸝駡。　國色何須脂粉借。笑口嫣然，一點櫻桃罅。賣向銅街真可訝。曲江計日高聲價。

天仙子 見菊

客歲南歸籬菊綻。一樽笑數雲中雁。今年帝里對黄花，流光晏。羈心亂。所思千里誰同玩。三徑迢遥空目斷。異鄉聊識秋容面。花前燒燭劈霜螯，金英粲。清商按。駱丞冒雨顛狂看。

風入松 題扇

清虚皓魄一輪孤。徙倚近高梧。疏陰滿院消煩暑，科頭坐、更脱雙趺。羽扇繩牀瀟灑，颼颼灌頂醍醐。幽人潑墨漫爲圖。展玩粟生膚。匡廬瀑布峨嵋雪，那能及、對面蓬壺。誰許入林把臂，想應嵇阮之徒。

東風齊著力 寄葉蒼巖學使

旌節西征，蒯緱北滯，離恨難消。燕秦柳色，兩見發新條。尺素曾投魚腹，關河阻、莫惠瓊瑶。

還能記，乘車戴笠，信誓相要。　浪跡屢萍漂。繡嶺上、無因聯轡逍遥。嶽雲隴樹，來往駕星軺。灞滻乘秋欲漲，肯容泛、桂楫蘭橈。聊假借，仙槎博望，郵送吟瓢。

滿江紅　閒窗録近詩自嘲

青鬢生華，半世守、雕蟲小技。每自哂、宋人楮葉，形勞力敝。山麝憐香真不若，孔鸞惜尾差堪擬。但愁來啟篋一高歌，心私喜。　帶醉草，多魚豕。忙冗碌，迷朱紫。計編蒲輯柳，校讐難已。覆醬拼封廚婦甕，懸金莫貴名都市。謾挑燈、細細寫蠅頭，誰驅使。

滿庭芳　約友太液觀荷

六六離宮，朱華冒水，昔年曾覩明妝。今當盛夏，爛熳發銀塘。才子江都苗裔，饒佳興、幾欲褰裳。雲如火，蓬萊咫尺，未得泛滄浪。　洛川勞結想，紅衣翠蓋，定覆鴛鴦。更五龍亭榭，誰共徜徉。獨幸仙葩耐久，從容看、好趁秋涼。先寄語，花神聽者，留取十分香。

前調　初度

謾道懸弧，猶然彈鋏，二毛已過潘郎。水萍風絮，那有客稱觴。海屋籌添多少，從前事、飽歷滄桑。剛今日，靈鰲睡醒，振鬐撼漁陽。　久無聞達想，啟期三樂，貧賤何妨。恐天留碩果，要試風霜。得做太平遺老，衢謠詠、堪叶宫商。更説甚，貂冠魚袋，牙笏與金章。

前調　妙光閣喜晤魏子存觀察話舊

燕市論交，梁園載酒，當時緇好難忘。雙旌別後，七澤與三湘。遊子漂零湖海，烽煙起、舉目滄桑。喜蕭寺，滿庭落葉，話舊贊公房。　銅駝無恙在，一琴一鶴，尚可迴翔。獨天涯憔悴，白髮襄陽。知己重逢闕下，離群久、各問行藏。浮雲態，五陵輕薄，裘馬少年場。

前調　花朝小雨

風信幾番，山城二月，萬花初度芳辰。十分麗景，已過五分春。南陌酒旗歌扇，偏迎送、寶馬香輪。絲絲雨，揉青搓緑，渲染柳眉勻。　畫樓爭待燕，芹泥帶潤，暗浥輕塵。怕沾他白氎，墊却烏巾。整理雕簷鈴索，憑持護、百寶欄新。誰解鑄，黄金作蒂，算比漆園椿。

前調　七夕

鴛侶剛分，雁行復斷，中年惡境偏多。人非金石，烈火奈頻磨。令節風光依舊，歡場少、缺陷如何。穿針夜，花陰月色，誰與話停梭。　歸期猶未定，徒勞靈鵲，辛苦填河。聽蟲聲滿院，一派商歌。半世自憐鳩拙，長爲伴、文祟詩魔。不如意，十常八九，好事却蹉跎。

水調歌頭　晦日送春

真箇春歸矣，明日是清和。歸程渺渺何處，美景夢中過。屈指鼠姑開盡，轉眼米囊零落，院院緑陰多。怪道年光速，鶯擲柳邊梭。　看老大，驚荏苒，惜蹉跎。留他不住，紅亭仍唱舊驪歌。一歲一番相識，獨是會難别易，陳跡感銅駝。兩鬢添華髮，風月肯消磨。

鳳凰臺上憶吹簫　白芍藥花

素質無瑕，亭亭獨立，仙人初試霓裳。憶雲冠月珮，曾侍花王。宰相白衣偏重，和羹手、壓倒群芳。儘上苑，千紅萬紫，那及天香。鄰牆。暖風欲醉，見紛紛來去，蝶鬧蜂忙。似蛾眉淡掃，虢國新妝。淨洗鉛華不御，生憎煞、傅粉何郎。雕闌外，玉壺春酒，相對飛觴。

玉蝴蝶　乳燕成雛

廣廈同叨餘蔭，烏衣儔侶，羨爾雙雙。託處名家，王謝選得雕梁。杏花濃、銀屏煙暖，芹芽美、藻井泥香。構巢忙。落成相賀，天賜瑶筐。蘭堂。居然生子，雄飛玉塞，雌入昭陽。弄影迎風，翩翾彩翮近宮牆。傍釵間、知爲符瑞，投懷裏、定兆禎祥。對紗窗。呢喃學語，清晝偏長。

金菊對芙蓉　題魏禹平《樗亭詞》

青瑣聲華，烏衣門地，九苞才譽翩翩。美風流小謝，雕管尤妍。麗詞早奪花間座，填宮羽、辛柳齊肩。鳳城紙貴，雞林價重，梨棗爭傳。入都喜惠瓊編。勝山陰庫裏，十萬蠻箋。歎雲蒸波涌，玉綴珠聯。鮫綃冰繭真奇絶，凡機杼、那及天然。君苗筆硯，從茲欲棄，願執吟鞭。

百字令　留别陳謝浮太史

自邀青盼，驚海田世事，十换星霜。百尺高樓曾置榻，紀群緇好難忘。紈扇題詩，金魚壓酒，頻接令公香。鳳池朝下，花間時共翱翔。　誰料聚散無憑，飛蓬旋轉，又束薊門裝。河水桑乾水尚合，五雲臺殿蒼茫。客路清笳，離亭短笛，繚繞九迴腸。蓬萊閣畔，幾番翹首相望。

念奴嬌　花朝小雨

大江以北，歎多風少雨，從來如此。恰值群芳初度後，滿院欲開紅紫。晴固含嬌，陰尤帶潤，恨缺梅花水。夜窗聲急，夢回不覺心喜。　曉聽茅舍啼鳩，浮雲靉靆，唤得春煙起。玉女頭盆雖未倒，聊當檄催桃李。烏雀如歌，園林轉色，芍藥將舒蕊。來朝寒食，平蕪緑遍千里。

喜遷鶯　客齋寄興

頻年漂泊，歎海燕泥鴻，一身如寄。已倦遊梁，無因適晉，欲借息肩佳地。中壘神交有素，上苑由來仙吏。尋舊約，果紅蕖緑水，翩翩書記。　高誼。感帳列扶風，特製青綾被。果出櫻桃，酒斟桑落，一榻能留徐穉。遠岫隔城送碧，深樾鄰牆分翠。長日裏，讀江淹小賦，揚雄奇字。

前調　五日

忙裏流光，驚時物爭新，蒲觴角黍。觸目多愁，憂時似醉，喜得熟梅好雨。五毒一時屏跡，但聽銀塘蛙鼓。庭院悄，對竹孫方長，宜男欲吐。　綵縷。記歲歲今朝，佩桃符艾虎。蓬轉萍浮，他鄉作客，骨肉何年歡聚。俯仰總爲陳跡，又見鶯嬌燕乳。憶江國，正畫船簫管，蓮歌南浦。

木蘭花慢　歸雁

一枝棲未隱，窮鳥賦、壯心違。正兀坐高齋，樓頭嘹唳，春雁連飛。聞南國多鳩鵠，偏爾曹飽食稻粱肥。月下音聲哀楚，雪中指爪依稀。　年年相約社前歸。遠害羨知幾。喜矰繳彌天，干戈滿地，已透重圍。從此去家山近，逞翩翩六翮帶斜暉。陣過衡陽影亂，書投絶塞痕微。

前調　沈繹堂詹事齋觀御書《心經》

宮端聲望重，較家令、遇殊優。喜賫炬頻分，珍奩疊賜，日侍宸遊。玉堂大書飛白，更黄綾一軸灑銀鈎。御墨淋漓尚濕，奎章結構偏遒。　草茅遠隔鳳池頭。欲見亦何由。幸長夏高齋，主人好客，展卷相留。滿座賓朋驚歎，知換鵝乞米不同流。五指蓮花影現，十行貝葉香浮。

望海潮　得家信

愁眉雙鎖，離腸百結，客齋幾廢餐眠。烏鵲有聲，青禽忽至，口中銜得蠻牋。展視墨花鮮。快從頭細讀，情致纏綿。所幸江鄉，畫樓人共月團圓。　吾廬修竹依然。倘買山貲具，即理歸鞭。弟唱兄酬，夫耕婦饁，鹿門偕隱他年。今且住燕山。但朔風代馬，蓬鬢堪憐。驛使南行，錦囊將寄賣文錢。

泥絮詞

釋宏倫敘彝著　侯晰粲辰輯　華文炳象五訂

卜算子　睡起

睡起喚炊茶，無事消長夏。閒倚津亭看捕魚，漁網煙林挂。　波影碧於油，山色青於帕。黄鳥聲中白鷺飛，村舍栽田罷。

清平樂　畫溪

畫溪春漲。雙槳桃花浪。白鳥飛邊漁笛響。山月一痕眉樣。　緑陰冉冉煙村。數聲布穀初聞。黄犢一犁歸壟，夕陽吹絮柴門。

河瀆神　丫姑廟

野廟集啼鴉。紅牆一角崩沙。楓根擷網繫漁槎。漁娘滿鬢黄花。　新月娷娟眉樣子。也解照人心事。一帶暮山凝紫。疏鐘打響煙寺。

一斛珠　懷紅友

桐陰風掃。叮咚簷馬如何好。鷴哥也報新涼早。白荳花開，紅藕香殘了。　一樽惜別關河杳。一緘鄉信音塵悄。一春夢隔吴雲杪。絆得人牢，望得人煩惱。

滿江紅　雷塘

席帽塵襟，匆匆過、落花時節。鵑聲苦、玉鈎斜上，逾加淒咽。畫槳晴湖尋故事，新蒲細柳催寒食。聽舟人、指點説雷塘，空陳跡。　頽寢上，饑烏集。斜照裏，江流碧。見野棠風老，亂紅堆積〔一〕。宮纜牙檣悲逝水，銅麟繡瓦埋荒棘〔二〕。恐鶴歸華表認迷樓，煙明滅。

【校】

〔一〕「亂紅」，清鈔本作「亂鴉」。
〔二〕「繡瓦」，清鈔本作「繡户」。

南柯子　別粲辰侯子

譙月更初點，秋蟲語半窗。誰家砧杵擣衣裳。頓使鄉心一霎、轉淒涼。　酒幔楓溪店，船燈蟹市霜。呼童晨起問行裝。拚當離愁滿載、打魚艭。

明月斜　漢陽夜泊

雨生毛，月生耳。一點檣燈泊漢陽，隔江鐘打湘宫寺。

憶江南　元夜

梅梢上，月暈不分明。小閣風晴簷馬喨，畫屏煙暖燭花生。人語夜深行。

南歌子　魚城舟次

江似盤塘路，人疑謝韞家。雙扉臨水竹籬斜。微記一林珍果，熟枇杷。

減字木蘭花　梁湖舟中送春

柳綿飛了。梅子仁生鵲舌老。渡口人家。蒨紫沿籬豌豆花。　春歸何處。小槳輕帆追不住。趲到家山。月下燒燈看藥欄。

前調　寒宵

梅花小院。月轉迴廊松葉暗。剔起孤檠。啞啞棲烏不忍聽。　衾窩一摺。絮絮吴綿還似鐵。有甚思量。一箇寒更抵歲長。

七娘子　送華祁宫

明蟾斂影同雲布。爲幽人、催促梅花句〔一〕。鳳蠟啼珠，鵲鑪沉炷。熏籠暖倚深宵語。　來朝説買蒲帆去。恐吴娘、畫槳冰膠住。惜别三年〔二〕，離懷幾許。雙溪兩岸模糊樹。

【校】

〔一〕清鈔本、雲輪閣鈔本此句皆作「爲人催促梅花句」。

〔二〕「三年」，清鈔本、雲輪閣鈔本皆作「二年」。

搗練子

人寂寂，意蕭蕭。夢背春燈過五橋。誰倚紅闌吹玉笛，月光和露照櫻桃。

沁園春　題侯亦園小照

五斗卓然，箕踞長林，目如望洋。喜翩翩濁世，神凝秋水，蕭蕭物外，氣靄春陽。學敏蘱柴，名高問字，家世烏衣謝與王。奚雛侍，有漁童銀鹿，劍鞘書囊。　雲根坐對芳塘。正風皺紅泉碧草香。看指揮群牧，獅騰鳳聳，心遊萬里，雞塞龍荒。貧道從來，重其神駿，士雅鞭先讓爾揚。溪橋外，倩虎頭添我，拍手君傍。

前調　賦得「鄉村四月閒人少」

郭外山明，綠柳紅橋，水繞人家。早登場麥捆，初聞布穀，分畦茄串，未了桑麻。夜火壓蠶，朝陰牧牯，十里僧廚午焙茶。芳洲暖，候魚苗風起，雪片漁槎。　青煙白鳥晴沙。有溪女盈盈出浣紗。見秧馬初修，櫻桃罷市，繅車繞響，蜂子分衙。細雨輸涼，棲烏噪晚，歸壟犁盤落楝花。傭書飯，笑予仍計拙，潦倒生涯。

相見歡　柬若瞻、松嵋看桂

小樓金粟香風。去年同。又是茨菰葉爛、蓼花紅。　思量著。來相約。意匆匆。莫待露和檀屑、糝簾櫳。

訴衷情近〔一〕

孤鴻一點不成雙。何事太飛忙。没入蘆花煙渚，漁笛響秋江。　煙浪外，好思量。晚雲黄。離群萬里，不寄相思，隻影寒塘。

【校】

〔一〕據譜當作「訴衷情令」。

虞美人

絲絲小雨濛濛絮。難挽春光住。而今我也索憑他。一任杜鵑啼上、杜鵑花。　桑陰兩兩提筐女。笑問春歸去。輕寒做暖困人天。怪得吴蠶三浴、柳三眠。

前調　舟雨

昨宵月色篷窗皎。夢破星光少。曉雲漠漠雨絲絲。惱煞一湖春水、繫人思。畫橋垂柳橫塘下。茆店青帘挂。多情燕子繞孤村。恰是梨花時候、不開門。

前調　西溪晚眺

老漁溪尾吹橫笛。點鬢蘆花雪。白鷗無力懶飛高。蒨煞柔藍秋水、似裙腰。蝦櫳渡口黄茆店。小樣青旗颭。一林紅葉晚颼颼。和了夕陽疏雨、做些愁。

楊柳枝　紀事

絲絲緒緒怯纖纖。記得飛花撲繡簾。燕子銜將歸畫棟，惜伊飄泊不曾嫌。

其二

枯條老葉不藏鴉。帶水雙扉認妾家。寫罷遠山剛銼午，添些日影上窗紗。

其三

官橋馬路接離亭。二月交枝兩岸鶯。一紙軍書催伐盡，春風不許挽離情。

其四

煙織輕塵霧織綃。妥娘眉黛小蠻腰。佳人已屬沙吒利，金屋何曾貯阿嬌。

其五

江南楊柳不成村。月照梨花夜掩門。麗娵婀娜如在眼，描來樣子最銷魂。

其六

不信人間有斧斤。河隄一束葬傾城。朝來翠幕紅窗下，頻遣鸚鵡罵幾聲。

其七

黄河岸曲汴河隄。憑仗河神好護持。四海承平天子聖，東南民力不勝疲。

其八

户税門攤火速忙。春明門外不成行。幸於水闊雲多處，留得根株繫野航。

賀新郎　雨寒食

偏是深宵雨。仍辜負、餳香寒食，梨陰月午。暗潑疏櫺人未寐，逗起年前情緒。總夢也、幾無憑據。問取畫梁雙燕子，對東風、絮盡淒涼語。花覆地，惜無主。橋邊細柳臨官路。學蠻腰、酣啼露眼，送歸寧女。血口叮嚀千百遍，惱煞杜鵑聲苦。便叫得、春歸何處。陌上香塵飛不起，只游絲牽惹罘罳住。斜陽挂，隔江樹。

前調　題悦可道兄照

意氣雄河朔。説髫年、彎弓盤馬，曾輕衛霍。劇孟朱家連飲席，杯酒不輕然諾。心下事、金仙難度。一自風塵吹世換，盼功名、不上麒麟閣。漫撥斷，檀槽索。君胡不去耕東郭。叫春雲、風鳶線斷，此身無著。剩取香篝和茗椀，冷伴梅花簾幕。喜共我、連吟西嶽。一幅飲光圖畢肖，歎蕭蕭短髮霜刀削。婚與嫁，并勾却。

前調　甲子元旦，適當先慈小祥

松葉鑪頭火。映窗櫺、攻簷雪片，似鴉翎大。樓角梅花寒徹骨，不遣暗香彈破。添一出、絮雲封裹。不易立春逢正旦，把乾坤、琢玉雕瓊做。吾何意，兩眉瑣。團蒲藉草成孤坐。記年時、殷殷菽水，歡情差可。剥果炊糜銀蠟下，揎袖自舂香糯。承笑語、茶煙婀娜。此際旛燈熒繐帳，剩淒涼冷夢如何過。衫袖上，淚痕涴。

摘得新　新月下看亦園分菊

月來時。新寒點鬢絲。東籬開遍了，傲霜枝。乞得御袍黄一剪，貯青瓷。

一絡索　留別

霜葉離披鵑血透。冷紅如繡。征鴻曾否唤歸人，叫過了、黄花候。　遥夜月光如晝。數殘清漏。輕橈和夢載離愁，記盪出、寒溪口。

前調　旅夜

露濕莎根蟲語碎。早涼生袂。梅花玉笛隔西鄰，門未掩、燈兒背。　不信愁深如海。暗彈清淚。疏鐘打得月西斜，這一夜、何曾睡。

鷓鴣天　松陵江上

茆店青帘矗酒旗。畫橋垂柳閉朱扉。桃花點水流春去，杜宇沿江喚客歸。　鄉夢薄，落紅知。哂儂終是有情癡。一船離恨疏疏雨，莫怪吴娘兩槳遲。

前調　浴佛節悟石軒聽鶯，同夏若賦

麰麥芒垂縠雨晴。暖雲輕絮换朱明。十釃畫鼓遊山楫，一簇花鈿浴佛人。　香界寂，數聲鶯。落紅堆裏説無生。吴儂不及生公石，祇作尋常籠鳥聽。

前調　泊胭脂港，近小姑山

油碧春江柳拂隄。薺花風暖燕爭泥。山姑翠袖栽紅荳，漁父黄鬚賣紫鱭。　看繫纜，日平西。港名差喜叫臙脂。波神月底雲軿返，露濕修蛾兩葉眉。

鴨頭緑　新月下看漁人晚集，寄紅友于燕臺

晚山妍，半規淡月將弦。畫橋西、波痕漲緑，停來幾箇漁船。竹籠中、兩雙乳鴨，蘆棚下、一縷菰煙。雨笠煙蓑，浮家泛宅，一生心事白鷗邊。沽村醞、黄鬚唱拍，赤脚嫗烹鮮。無拘管，醉來高卧，一枕遊仙。　漫懷他、金臺久客，檀槽擊碎誰憐。便銀甲、瑶箏夜夜，又何如、紙帳孤眠。閣可巢雲，園仍堆絮，柴門香稻熟秋田。思歸切、蓴絲鱸鱠，惟羡季鷹賢。古今事、終須讓爾，短笛江天。

漁家傲　適從潯陽歸

天樣離懷無處説。杜鵑衹解催歸切。歸到家山花事畢。松陰密。小窗睡起三竿日。　黄鳥頻啼嘲倦客。紅蕉點露荼煙濕。蒨煞春江眉樣碧。甋相憶。小姑送我臨波立。

南樓令　徐若曾相約送陳次山

庭草軟于裀。簾光映縠紋。記花朝、風雨連旬。賣到杏花來燕子，已過了、二分春。　春夢不分明。春陰强做晴。便春愁、也是無因。報道西鄰船泊岸，來約我、送行人。

羅敷媚

人孤小院黄昏近，雨打紗窗。雨打紗窗。疼殺朝來謝海棠。　熏爐火暖渾無寐，一夜思量。一夜思量。等得開簾燕子忙。

摸魚兒　徐南高約予掃其年陳太史墓

指牛眠、揮毫内殿，詞臣埋玉于此。碣館金臺魂渺漠，泉路長淮難記。音容逝。須信是、從來慧業生天去。寒雲多厲。剗一片榛蕪，幾工畚鍤，聊展故人意。　蓴鱸味，也擬雙溪歸計。寄言鷗鷺休避。分題鳳紙騰聲價，祇换長安斗米。青松底。禁不住、饑鳶暮啄招魂紙。沙鴻叫起。

慘野渡昏鐘，荒原落日，那得不揮涕。

城頭月　與吴本汰

雨晴山色青于帕。茆屋疏林罅。鶴未還巢，雲爭歸岫，月影松梢挂。　嗚嗚隔崦鐘兒打。虎跡新泥怕。一盞秋燈，十年前事，煮茗深宵話。

八犯玉交枝　歲夜弔紅友

蘭畹題詞，蓮花作幕，十載海南羈旅。盡道輕囊歸合早，不解君心良苦。同聽夜雨。記向短簿祠前，一襟清淚分船去。昨寄歸期，遲爾山茶紅處。　那禁山隔巫雲，雲迷湘渚。牂江歸夢無據。初還道、雁拋人住。便做了、珠沉極浦。臨風瀝、一杯清茗，是予紗帽籠頭煮。怕雪凍山橋，吟魂驢背能來否。

惜軒詞

侯晰粲辰著　顧貞觀梁汾輯　華長發商原訂

長相思

風淒淒。雪霏霏。風雪間關匹馬嘶。教人生别離。　花飛飛。柳依依。花柳縈春燕壘泥。此時歸不歸。

前調

記來時。憶歸時。不語憑欄撚柳絲。無人春晝遲。　寄歡詩。和儂詞。總是相思兩字兒。休教鸚鵡知。

浣溪沙

碧玉搔頭白苧裳。簪來茉莉鬢雲香。最宜低髻坐乘涼。　愛聽秋聲籠絡緯，閒尋春夢語兒郎。一襟風露未歸房。

前調

倦怯單衫睡起遲。鶯聲忙煞鬬茶時。耐他風日助相思。　燕剪巧翻紅雨亂，柳絲斜拂緑煙低。一春幽夢斷橋西。

柳梢青

所謂伊人。非耶是也，彷彿真真。湘月爲容，幽蘭爲氣，秋水爲神。　墨痕香霧氤氳〔一〕。剛現得、菱花半身。如醉如醒，含顰含笑，疑雨疑雲。

【校】

〔一〕「霧」，清鈔本、雲輪閣鈔本皆作「露」。

金縷曲　送鄒二辭遣秦

世路浮雲耳。再休提、家園寥落，炎涼如此。五載南冠魂欲斷，醉酒躭詩而已。曾未減、晉人風味。贏得鄒陽豪氣在，寫丹青、聊作生涯計。驪唱咽，寒飆起。　一鞭斜日楓林裏。弔興亡、秦川繡嶺，儘供遊戲。更喜有妻甘共隱，不灑尋常别淚。好相慰、羊腸迢遞。何處郵亭堪繫馬，續香眉、高價長安市。二辭向刻有《香眉亭詞稿》。君去也，名成矣。

臨江仙

紅藥開殘鶯緑暗，鬭茶深院清幽。呢喃雙燕語風柔。蝶酣人困，慵自整薰篝。　宿醉未消香夢醒，倚欄閒看梳頭。一簾梅雨似新秋。菱花影裏，斟酌遠山愁。

行香子　自題畫卷

連陌柔桑。夾岸垂楊。隨橋轉、一箇村莊。前臨流水，東繞高崗。以槿爲籬，茅爲屋，紙爲窗。

妻奴皞皞，雞犬攘攘。沿溪藝、百畝香秔。團團竹塢，小小魚航。更有茶山，有蔬圃，有菱塘。

采桑子　武陵歸，夜泊吴江

分明又是秋江路，短棹煙蓑。唱徹吴歌。隔浦漁燈隱芰荷。

依稀柳港維舟處，生怕風波。涼月無多。掩映低篷幾點螺。

前調

孤衾不耐薰蘭麝，辜負秋涼。贏得思量。絡緯聲聲織漏長。

茫茫銀漢横空碧，月上東牆。人靜西窗。徹夜清輝冷似霜。

滿庭芳

竹粉微消，柳綿纔斷，低飛乳燕雙雙。輕寒乍暖，可奈日初長。幾陣荷風梅雨，欄干角、猶帶斜陽。湘簾捲，未拚憔悴，重換藕絲裳。　蘭芽魚子綻，晚涼時候，移向紗窗。似蕊珠金粟，別樣幽香。回首桐陰深處，纖纖月、催卸殘妝。欲睡也，懨懨情緒，清夢繞池塘。

前調

集句，送春

燕子呢喃宋祁，梨花寂寞韓玉，玉鑪殘麝猶濃李珣。秋千影裏歐陽修，低樹漸葱蘢元稹。下有遊人歸路王安石，空目斷柳永、嬌馬華驄趙長卿。懨懨瘦李之儀，留春無計趙彥端，背立怨東風姜夔。　愁紅顧夐。吹鬢影毛滂，漫天飛絮向子湮，密密濛濛張泌。傍池欄倚遍蔣勝欲，幽恨千重黃昇。惆悵曉鶯殘月韋莊，眠未足吴文英，欲語還慵馮延巳。鴛衾冷柳永，也應相憶張先，昨夜夢魂中李後主。

南歌子

花密金鋪暗，香殘玉漏清。小庭簷馬夜琮琤。喚起箇人階下，看雙星。

踏莎行　舟過新豐

幾點歸鴉，一行衰柳。西風落日蒲帆驟。秋江景物已消魂，那堪更值重陽後。　岸峭如山，潮奔欲吼。十千沽得新豐酒。篷窗何處撥琵琶，教人暗濕青衫袖。

菩薩蠻

海棠露潤胭脂膩。曉奩香裊沉煙細。菱影月般明。春山分外青。　憶來花下路。欲語驚鸚鵡。何處赤欄干。雙憑夢裏歡。

南鄉子　醉後題壁

痛飲發狂歌。轉眼韶光似擲梭。肯作尋常兒女態，呵呵。便是風濤奈我何。　蝸角總無多。爭甚雌雄一任他。莫到前途行不得，哥哥。回首江山依舊麼。

前調　和夏若姪韻，贈金閶王較書

梅額試妝新。短鬢金貂白練裙。可記疏狂爭擲眼，東門。小立樓頭待看春。　一曲最銷魂。妙舞臨風欲化雲。爲問酒闌微雪夜，何人。倚醉偷偎半臂温。

誤佳期

紅樹黃花蕭索。畫裏板橋村落。孤鴻嘹嚦一聲聲，叫破秋雲薄。　隻影有誰憐，霜月穿羅幕。爐香撥盡不成眠，夢也愁擔閣。

浪淘沙　潯陽江附信

春樹暗潯陽。一抹煙光。檣燈點點水茫茫。何處琵琶低按拍，惱亂柔腸。　若箇是歸航。寄語紅窗。擬從雲夢渡瀟湘。肯負落霞孤鶩好，領略秋江。

蘇幕遮

絮花輕，鴛瓦白。冷透疏籬，雀凍梅梢折。颯颯紙窗風欲割。鷺吐鵑紅，染就胭脂雪。　鬱金香，烏玉玦。半盞瓊漿，可療文園渴。爐燼衾窩仍似鐵。忍聽簷牙，冰柱敲殘月。

虞美人

消魂舊事還疑昨。似夢驚飄泊。破窗殘月謝娘家。不記重陽開遍、木樨花。　同杯笑飲茱萸酒。刻燭催詩就。吹蘭暗度口脂香。箇是一生愁味、悔輕嘗。

卜算子　楚江舟次

一帶白沙灘，幾箇黃茅店。屋角青青矗酒旗，漁唱江村晚。　小鳥掠晴波，低樹迷荒岸。爭向篷窗數戍樓，忘却家山遠。

雙調南歌子

軟語鎔心鐵，柔腸續意膠。袖香偷擁乍驚拋。約略畫樓雙影、燕雛嬌。　少别千年闊，迴看萬里遥。箇中眉眼夢中消。那禁輕魂一瓣、落花敲。

少年遊　青杏窗看畫秋海棠〔一〕

短牆青杏箇人家。瀹茗試蘭芽。半榻圖書，幾絲香篆，蕉影緑窗紗。　戲拈湘管臨文淑，點染絶鉛華。水墨淋漓，粉脂零亂，一幅斷腸花。

【校】

〔一〕清鈔本、雲輪閣鈔本詞題皆闕。

閒中好　集唐

更漏永馮延巳，無語倚屏風李珣。紅燭消成淚温庭筠，淚痕衣上重顧敻。

踏莎美人　舟泊漢口有懷

閣鎖晴川，洲連鸚武。長空萬頃煙光暮。賈帆雲集漢陽城。恰又天涯芳草、逼清明。　仙笛乘風，神鴉餞客。黄花低襯遥山碧。漢口有黄花地，節近清明，花開遍野，士女嬉遊，咸集於此。江南春色夢中情。一任斷橋楊柳、自縱横。

鳳頭釵

憶勞勞。盼迢迢。幽期潛訂是今宵。水溶溶。霧濛濛。銅壺幾轉，畫鼓三通。咚。咚。咚。

影蕭蕭。夢飄飄。依舊梅魂伴寂寥。別匆匆。語喁喁。波心月冷，鏡裏花紅。空。空。空。

迴雪詞〔一〕

侯文燈伊傳著　侯晰粲辰輯　顧貞觀梁汾訂

【校】

〔一〕《迴雪詞》及其後《棲香閣詞》二種醉書關二十一卷本無，據醉書關八卷本補。

醉花間

思相見。怕相見。相見添離怨。執手黯無言，只勸金尊滿。　郎情千尺綫。妾是尋巢燕。年年去復來，不用紅絲綰。

江城子

綠陰如幄接雕檐。月鈎纖。水沉添。無那箇人、小睡卸輕衫。乳汗微微沾繡袜，依約映，粉紅尖。　鸚哥喚醒尚餘酣。捲湘簾。思淹淹。嬌軟玉肢、鬟墜懶重簪。半晌遷延臨寶鏡，多少憶，有誰諳。

青玉案

朝朝點點絲絲雨。總一任、模糊去。不管傷心催杜宇。闌珊珠鈿，欹斜箏柱。好夢都無據。
桃花門掩梨花户。舊燕壘、重銜亂紅補。暗惜歡期幾回數。半簾燈影，一牀衾絮。愁剩眉尖度。

凌波曲

桐篩滿階。香霏滿齋。潛身悄躡紅鞋。悵叮嚀又乖。湘簾半推。綃衾半堆。惺忪暈惹桃腮。准相償鳳釵。

前調　逸林母舅命題小照

春風鬢邊。春花眼前。香縈小閣烹泉。破工夫學禪。接籬笑偏。壚頭醉眠。何妨結伴留連。任人呼散仙。

清平樂　題張晉友洗梧小照

溪光書潤。竹借秋棠襯。恰許鈎簾雛鶴引。苔石補些清韻。　斜陽坐對桐陰。呼童一洗塵侵。漫説輕裘細柳，吾師端愛雲林。

西溪子

月罩畫樓瓊碧。香拂輕羅狼籍。倚雕闌，攜玉手。鬆珠扣。好是得閒時候。還約趁新晴。理銀箏。

蘇幕遮　雪夜

樹皆花，山盡老。畢竟天工，點綴殘年好。瑟瑟紙窗寒漸峭。爲問橋邊，曾否提壺到。　卧袁安，吟謝朓。誰釣桐江，空憶巡簷笑。鐵馬頻敲風暗繞。漏咽荒雞，曉也無人報。

行香子　旅次遣懷

寶馬香韉。畫舫雕欄。挈壺觴、柳陌桃阡。二三良友，檢韻分箋。對一絹雲，一鈎月，一彎山。遊興闌珊。綺閣燈懸。喚紅兒、品竹調絃。兩行金粉，可意嬋娟。看翠爲屏，鴛爲帳，玉爲鈿。

薄倖　禹門七夕

單衣料峭。夜寂寂、窗兒風攪。乍擧眼、銀河澄徹，惹起鄉心紛擾。憶當時、花底清尊，釵頭茉莉香飄緲。正鈿合雙圓，鍼浮九引，同向天孫乞巧。　誰慣得、捱荒旅，聽漏滴、愁腸如擣。更去年此夕，琉璃河畔，郫醪獨飲形相弔。夢魂潦倒。歎人生、歡會無多，那竟輕抛了。征衫暗濕，拍遍闌干待曉。

玉連環　寄憶張圯石姑丈客京江

春雲浥樹迷江渚。滯人何處。鼠姑香發燕呢喃，道少箇、平章主。　換酒鷫裘不顧。爲憐歌舞。衹今孤館月華明，應不慣、愁如許。

浣溪沙

淨洗鉛華插玉釵。聰明應向蘂珠來。芙蓉態弱不禁開。　拾翠替簪蟬翅鬢，踏青教換鳳頭鞋。只今音問隔天涯。

前調

泥酒花前鎮日狂。一聲離別幾迴腸。些兒領受口脂香。　描譜倩人題蛺蝶，繡裙私自妬鴛鴦。剩來往事儘思量。

前調

小雨絲絲柳脚横。欲醺還醒强登程。一帆風送已成行。漫説揚州花月地，征鞍催上恰清明。此時離思幾多層。

鶴沖天　同内子泛舟西定橋

雲陰吹蕩。雨罅摇雙槳。處處小橋平，溪初漲。結網爭先挂，深林裏、漁歌唱。却把簾旌敞。四面疏風，一縷茶煙輕颺。韶華難挽，何事牛衣相向。暫對浴凫閒，躭清賞。更約尋芳拾翠，探幽徑、傾佳釀。歸來還想像。明日雙蛾，好學遠山新樣。

玉樓春　敍彝雨阻亦園寄悵

淡抹煙霏芳徑軟。歸燕觸簾閒不管。天涯路即畫橋西，緑黯靡蕪空目斷。倚遍屏圍香散散。泥絮吟殘試春盌。《泥絮詞》，敍公著。從教滴雨到深更，却省月梁和夢見。

賀新涼　有贈

一抹溪煙瘦。喜秋晴、畫橈停處，碧天涼覆。有個輕娃無限媚，眉映遠山添秀。扶倦醒、眼波微溜。淡淡釵梳新樣髻，襯冰綃、半露紅襦皺。舒玉腕，香凝袖。　果教吹氣如蘭嗅。贈嬌名、品題風韻，差堪消受。笑我疏狂頻弄影，生惹幾番拖逗。私倚月、素心誰剖。忽喚紫雲驚滿座，儘笙歌、不許催銅漏。魂欲斷，憑傾酒。

前調　詠蘆花

眼底何爲者。似春殘、柳棉吹墮，飄來堪訝。憶自隱淪裝作被，吟詠久增聲價。只冷落、江灘開謝。送盡青衫和淚客，攪秋煙、亂着篷窗打。絃慢撥，更沾灑。　分明一幅徐熙畫。有盈盈、芙蓉爲伴，水葒堪嫁。最是賓鴻相識慣，嚦嚦嘹嘹如話。徑絶塞、銜枝飛下。擬趁斜行緘尺素，白茫茫、怎奈西風也。衝霽雪，酌三雅。

山花子

暑氣經秋未肯收。倚闌垂釣玩浮鷗。堪怪亂蟬鳴不住，攪情幽。　驀地相逢驚冶豔，故抛花朵半含羞。剩載一船離恨去，數回頭。

珍珠簾　看荷，有懷家仲留川署

眼前即是清涼地。小窗開，占取銀塘淥水。曉露濕紅芳，更臨風多麗。長晝如年凝坐久，最苦是、閒情無寄。容易。且慢理冰絃，一爐香細。　漸近，乞巧穿針，想去年此日，同浮瓜李。傾倒舞仙螺，浸滿身花氣。底事天涯甘作客，悵寂寞、關河迢遞。顦悴。又新月當樓，照人千里。

解連環

寸腸千結。縱嬌鶯婉燕，悶懷難説。怪一霎、雨横風狂，把繁緑頓摧，亂紅都歇。寶鴨香消，下疏箔、琵琶慵撥。想蘭閨、猶自穩盼佳期，喜露眉睫。　誰知鯉沉雁絕。似遥山遠水，雲樹層疊。便聚首、重訂三生，只今日情悰，悽悽悒悒。好景芳辰，料此後、盡成虛設。擬傾尊、醉歌醉舞，醒仍淚咽。

芭蕉雨　雨窗簡胡元方

寂歷涼生小院。碧苔紅補空、榴花片。麈榻任抛紈扇。又早時近黄昏，清尊獨勸。　惠連何處傲散。怎安排心眼。擬寫寄閒情、嫌箋短。倩燕子、説相思，奈也怕濕烏衣，芹泥香濺。

風光好　寄王校書

柳青青。見卿卿。送我門前秋水横。記分明。　别來賞遍閒花草。伊家好。兩地相思一合併。悔多情。

蝶戀花　贈阿紅

客裏無聊偏永晝。疏柳蟬聲，攪得人兒瘦。恰喜彩鸞消息逗。爲儂特地停針繡。　忘暑只教看翠岫。窄窄凌波，三寸輕羅縠。軟語嬌憨耽坐久。翻愁歸日難分手。

長相思

情絲絲。語絲絲。不盡柔腸似柳枝。如何輕別離。　早潮期。晚潮期。未許行人畫槳遲。重逢知幾時。

一翦梅

鎮日低雲濕樹梢。眼底蕭條。鬢畔刁騷。乍聽疏竹紙窗敲。鐘也迢迢。雁也寥寥。　悶隔牆東盼翠翹。誤了香燒。負了琴調。便成獨醉轉無聊。愁過今宵。又怕明朝。

碧雲深　立秋

怕怕。怕説秋來也。分明。一葉梧桐落未曾。　疏風吹起池荷暝。縱亂霞鋪徑。推敲。檢點心情耐寂寥。

沁園春　丙戌春，將遊都門，留别親友

二月佳辰，余將遠征，剪燭揮毫。正壽陽妝淺，粉香微墮，小蠻腰軟，金縷初摇。拾翠園林，尋芳巷陌，堪羨追歡群從豪。行樂處，莫渾忘天末，有客蕭騷。　心傷此去迢迢。應不比、輕肥逸興饒。念曉行岐路，霜濃馬滑，暮投村店，鏟冷煙消。一盞燈昏，三杯酒淡，辜負風光衹自嘲。如何遣，算只憑鄉夢，逐隊遊遨。

前調　安戎署中酬和邵璣亭兄

雪點金貂，冰凝玉鞭，孤劍遄征。又晚鐘催打，亂煙斜日，曉雞頻唱，殘月疏星。歲序抛梭，

行蹤斷梗，不盡淒清羈旅情。欣相遇，有故人花縣，領略琴聲。回思舊雨平生。都不是、當年雙鬢青。記綠窗香裊，粉箋拈韻，小園花發，斗酒聽鶯。君已牽絲，余仍伏櫪，潦倒塵衫任醉醒。知何計，教從今休灑，別淚盈盈。

如夢令

夜半風聲滿耳。心緒如絲難理。勾取睡魔來，又被愁魔攪起。無計。無計。好夢也都迴避。

醉蓬萊　賀殿撰王海文先生

羡芙蓉鏡下，忽聽雲端，傳呼及第。紙貴洛陽，有金聲着地。雉尾春開，爐煙曉暖，信玉皇仙吏。字並歐虞，文如班范，太平人瑞。　正值堯天，右文熙運，領袖瓊林，恩榮誰比。宵旰方殷，恰甘霖堪記。京師久旱，是時適雨。此際宸衷，得人稱慶，許賡歌喜起。芸署屏深，槐廳簾捲，風和日麗。

二郎神　寄内

風風雨雨，早做就、一番秋色。正懶換爐香，慵調琴軫，勾起鄉心脈脈。僕本多情多感慨，何況是、百端交集。更雁信難憑，魚書没准，唾壺頻擊。淚滴。歸時重認，羅衫猶浥。想卿也憠憠，别來奚似，應更腰肢非昔。寫韻軒窗，賭茶簾幕，除了夢中都隔。腸斷煞、萬里蟾光如練，漏遥人寂。

望江南

汶江路，處處繫秋千。愛賭身輕天半墮，玉紅嬌軟儘人憐。旅思惹無邊。

前調

尋春去，嬌白間嫣紅。寶馬引開芳草逕，紙鳶飛趁落花風。人在畫圖中。

一斛珠　丁亥客蜀，花朝日過家任庵兄臬署，賦别

春光姣好。錦城花柳開偏早。紅氍綺席笙歌鬧。棣雨催晴，眼底天涯道。　一生常苦歡娱少。一杯祖帳關山渺。一聲珍重雕鞍杳。明日難分，今夜先煩惱。

喜團圓　祝内人誕日

安榴吐豔，合歡含笑，麗日增長。年年莫惜風光度，人願似風光。　回思鴻案，相莊廿載，鬢漸添霜。且圖行樂，聽鸝載酒，容我疏狂。

減字木蘭花

稻花香裏。飲罄芳尊人倦矣。四壁蟲鳴。做弄秋聲不耐聽。　起來貪看。一鏡澄波蓮影亂。央及西風。莫便教儂怨落紅。

撥棹子　戊子春，江上阻風

寒食近。韶光永。寵暖嬌寒都没准。漫屈指、幾番花信。年年悵、踏遍天涯芳草徑。　狂風小舸攢眉聽。落拓半生空自省。誰寄與、江淹紅錦。還只恐、此夜薄衾眠不穩。

謁金門　曉行

更闌矣。茅店雞聲催起。又是一番新别意。總來殘夢裏。　月淡霜華鋪地。敲鐙吟成十里。薄薄衣裳涼似水。疏鐘鳴遠寺。

秋波媚　泊舟吴門有懷

無端淺醉枕漁航。殘夢繞横塘。分明是處，瓊樓望斷，煙景微茫。　書生福薄紅顔命，懊惱兩相當。欲教忘却，除非遊屐，不過金閶。

海棠春

風流久付東流去。恰邂逅、情絲牽住。一簇小春山，那禁愁城據。幾番負却韶光暮。問别後、鵲橋誰渡。空憶避人前，忍淚傳眉語。

小重山　題固關郵壁

仄徑巑岏山復山。荆關圖不盡、路千盤。隔宵殘雪墜征鞍。西風勁、纖指玉鞭寒。曾約此時還。小窗天竹子、映朱顔。而今何處寄平安。憑高望、惆悵夕陽閒。

前調　小春，憩青山寺别業有懷

一片晴湖豁倦眸。天高木葉下、響颼颼。斷垣荒砌動人愁。誰相問、渺矣五陵裘。曾此結仙儔。秋風先跨鶴、我淹留。遥山層翠紫雲浮。塵寰窄、驀地憶瀛洲。

棲香閣詞

顧貞立文婉著〔一〕　侯晰粲辰輯　華文燦緯五訂

【校】

〔一〕醉書關八卷本、清鈔本、雲輪閣鈔本目録中均標作者：「顧氏，端文公女孫，己未進士侯麟勳母。」醉書關八卷本正文標識「溼皋顧氏著」，清鈔本、雲輪閣鈔本正文均標識「顧貞立文婉著」。

浣溪沙

百囀流鶯喚獨眠。起來慵自整花鈿。浣衣風日試衣天。　幾日不曾樓上望，粉紅香白已爭妍。柳條金嫩滯春煙。

菩薩蠻

斷腸春色還餘幾。可憐一半催歸矣。簾外草萋萋。簾前燕子泥〔一〕。　香塵迷紫陌。悶把闌干拍。多恨不成妝。故園天一方。

【校】

〔一〕「簾前」，清鈔本作「樓前」。

減字木蘭花　病中寄秦夫人仲英

西風多恨。離索遥聞卿亦病。誰鎖嬋娟。幾疊雲山一片煙。　浮沉魚雁。相見無由相憶遍。搔首風前。一様愁根各自憐。

浪淘沙

架插等身章。四壁縹緗。一簾疏影襯斜陽。身在屏風圖畫裏，指點瀟湘。　秋水雪肌涼。世外清妝。綺窗眠坐擁幽香。還恐未容消受盡，薄福難量。

鵲橋仙　又六月七日

輕颸乍拂，纖雲幾點，淡淡玉鈎初挂。佳期屈指是耶非，笑幾度、鈿車欲駕。　碧翁相惱，素娥相戲，底事良辰多假。從今寄語與人間，莫浪説、年年今夜。

滿江紅　楚黄署中聞警

僕本恨人，那禁得、悲哉秋氣。恰又是、將歸送別，登山臨水。一派角聲煙靄外，數行雁字波光裏。試憑高、覓取舊妝樓，誰同倚。　鄉夢遠，書迢遞。人半載，辭家矣。歎吴頭楚尾，倏然高寄。江上空憐商女曲，閨中漫灑神州淚。算縞綦、何必讓男兒，天應忌。

前調　中秋旅泊

爲問嫦娥，何事便、一生擔閣。也曾來、百子池邊，長生殿角。伴我綺窗朱户影，辜他碧海青天約。倩回風迢遞寄愁心，隨飄泊。　五色管，今閒却。千石酒，誰斟酌。又天涯羈旅，鬢絲零落。別夢匆匆偏易醒，遠書草草渾難托。判長眠、憔悴過三秋，人如削。

前調

墮馬啼妝，學不就、閨中模樣。疏慵慣、嚼花吹葉，粉抛脂漾。多病不堪操井臼，無才敢去嫌天壤。看絲絲雙鬢幾時青，空勞攘。　原不作，繁華想。收拾起，淒涼況。向牙籤境内，别尋幽賞。昨夜樓頭新夢好，憑風吹送瑶臺上。散無愁、高枕是良方，飛瓊餉。

前調　寄仲英

細雨斜風，又早是、重陽時節。登高去、小樓凝望，楚天空闊。秋水伊人家萬里，白雲親舍山重疊。是誰啼、紅淚濺霜林，楓如血。　填不滿，窮愁穴。補不滿，窮愁缺〔一〕。遍庭皋勝事，依然陳跡。黄菊有花羞插鬢，素心欲卷憐匪石〔二〕。有孤鴻、和月伴卿卿〔三〕，成三絶。

【校】

〔一〕「窮愁缺」，清鈔本作「離愁缺」。

〔二〕「欲卷」，清鈔本、雲輪閣鈔本皆作「欲轉」。

〔三〕「伴」，清鈔本作「叫」。

前調　九姨四姑，各擅傾城之譽，曾于己丑清和共載，一別十年。因庚子燈月之勝，四姑同余再訪九姨，二美宛然，余則鬢絲憔悴矣。感今追昔，漫賦此詞〔一〕。

爲約湔裙，記一笑、似曾相識。攜素手、低鬟絮語，儘平生説。畫舫素簾相並處〔二〕，水流花謝難收拾。似韋莊、惆悵去年時，清和節。　重酌酒，梁園雪。拚踏碎，天街月。羡玉容如舊，一雙傾國。回首十年殘夢影，有人觸緒傷今昔。撚梅花、還憶上元遊，驚心切。

【校】

〔一〕清鈔本、雲輪閣鈔本皆無詞序。

〔二〕「素簾」，清鈔本作「筠簾」。

玉蝴蝶　苕溪署中

一抹晴空無際，煙光淡蕩，微月當樓。點綴平蕪樹色，暮靄初收。斷霞中、慈烏千點，看反哺、爭宿枝頭。漫凝眸。親幃何處，旅夢難留。　颼颼。風吹鬢影，寒生肌粟，喚起千愁。不堪回望，舊家庭院早鶯秋。憶當初、棲遲三楚，今日箇、憔悴湖洲。願難酬。聊憑班管，寫我心憂。

行香子　七夕

疊雪爲衣。削玉爲肌。賦催妝、休問機絲。疏星耿耿，銀漏遲遲。暫别雲娥，拋月姊，謝風姨。似夢還非。乍見還疑。再商量、明歲佳期。笑啼難處，歡聚悲離。願和天老，長相見，耐相思。

百字令　癸卯冬，送勳兒北上，有「北堂人未老，青鬢約金冠」之句。回首十年，依舊頭顱如許，可勝三歎，因寄此詞示勉。

香消夢覺，黯然驚、早又浮生半百。青鬢花封當日語，添取幾絲華髮。綺思紛來，回文自解，總是前生業。空中樓閣，悶來書破四壁。　回首辛苦三遷，雞窗十載，千里經風雪。倚閭高堂愁日暮，望斷鳳城雙闕。杏雨沾衣，曲江春暖，此願知何日。今番莫誤，花明柳綻時節。

前調

文窗瀟灑，青梅小、正是牡丹時節。珠箔低垂微雨過，險韻詞成新闋。輕拂烏闌，横陳緑綺，燕子香泥濕。朱櫻初熟，熏爐茗椀清絶。　消受幾日韶華，幾番風雨，杜宇聲聲泣。門外絮飛花落盡，春去誰能留得。緑葉成陰，荷錢漸長，多少閒蹤跡。兩眉餘恨，至今猶是堆積。

東風第一枝　次宋人韻

翠剪平川，苔鋪曲徑，麗日映簾輕暖。望中雲樹參差，鏡裏眉山清淺。枝頭細蕊，胭脂染、星星醉軟。想關河、尚滯餘寒，擔閣玳梁棲燕。　青乍展、東風柳眼。紅漸減、去年人面。波凝睡鴨池塘，煙鎖烏啼閒苑。流鶯縱巧〔一〕，怎破得、愁痕一線。問何時、低拂花枝，杏雨香泥重見。

【校】

〔一〕「鏡裏眉山清淺」至「流鶯縱」五十九字，清鈔本、雲輪閣鈔本皆闕。

望湘人　春雨

怪輕風吹夢，細雨粘花，夢裏愁絲難剪。鬢憎香殘，眉驚翠削，淡絶不堪匀染。乍醒還癡，欲眠重起，此情誰見。畫梁絮語，棲香依舊，歸來雙燕。　指點韶光忒賤。又青苔漸長，紅英如霰。記少日遊踪，楚水吴山曾遍。碧玉鄰家，青溪小妹，幾處歡娱堪戀。回首十年，舊事便與，暮天同遠。

踏莎美人　送梁汾弟北上

鏡裏遥山，意中雲樹。天涯約略煙深處。驪歌唱罷又重招。贏得傾城名士、擁蘭橈。　候到松風，飄殘硯雨。一春長向花前語。縱教雙鯉日通潮。爭似玉驄還駐、小紅橋。

洞庭春色

掠鬌梳鬟，弓鞋窄袖，不慣從來。但經營料理，詩筒酒盞，親供灑掃，職分當該。還謝天公深有意，便生就、粗疏丘壑才。將衰矣，斜陽影裏，暮景頻催。　閒身不妨多病，且憑他位置，廢苑荒臺。伴香濃琴靜，百城南面，青緗滿架，緗軸成堆。一縷茶煙和字煮，只數點秋花手自栽。都休也，蠅頭蝸角，于我何哉。

水調歌頭　得梁汾弟信，即用其書中語

身世原爲客，何必歎離居。東西南北何定，天地一舟虛。夢覺池塘芳草，酒醒曉風殘月，冷暖倚清娱。五六十本菊，三四千卷書。　渡桃葉，尋彭蠡，訪小姑。漢濱拾翠，此際能無佳句乎。萬里題橋司馬，暇日登樓王粲〔一〕，蓬轉古人如。故里莫回首，聊且托雙魚。

【校】

〔一〕「登樓」，清鈔本作「登臨」。

前調

小疾誠佳事，養護類頑仙。金針度與鄰女，繡譜總高懸。檢點竹爐香茗，尚有牙籤翡翠，石榻

與冰絃。拋擲剩殘線，重理舊時篇。　米鹽事，權袖手，且旁看。湘簾不捲，閉户常自斷炊煙。燕子銜將春去，一任水流花謝，不到緑窗前。瘦影知難問，高枕不妨眠。

金縷曲

對月能閒坐。似空山、更寒人静，雲深煙鎖。道甚新春愁緒減，依舊寂寥無那。誰領略、滿城燈火。香遍小屏風上畫，只梅花、清瘦還如我。邀素影，成三箇。　韶光一瞬隨風墮。鎮消停、幽蘭香裏，羅浮夢左。睡鴨頻移瓶注水，便是長宵工課。垂紙帳〔一〕、擁書高卧。鳳頸微沉門静掩，又何心、問踏歌聲過。蓮漏斷，衾重裹。

【校】

〔一〕「帳」，清鈔本、雲輪閣鈔本皆作「幃」。

柳梢青

簡梁汾弟

憶壬子年。時當暑月，觴詠飛箋。看山樓上，窗開西北，柳暗晴川。　如今回首淒然。空望斷、征鴻遠天。寂寂秋花，懨懨秋雨，淡淡秋煙。

如夢令　梁汾弟言歸不果

説道殘冬歸矣。何事經春還未。鉛粉褪梅妝，又早杏花微雨。留住。留住。幾疊遥山煙樹。

滿庭芳　四姑話舊

白雪閒庭，三餘小閣，昔年曾貯嬋娟。分花鬬草，何地不堪憐。剪燭西窗夜話，相倚處、擕手憑肩。從別後，時移世换，腸斷各烽煙。　想吴山楚水，竹樓黄署，風景依然。只霜鬢〔一〕，不似從前。何事驚心歲月，彈指便、四十餘年。身雖在，槿花臨暮，燕子晚秋天。

【校】

〔一〕清鈔本在「只霜鬢」後補「雪鬢」二字。

前調　劉大姑以佛手柑、茉莉見贈，詞以謝之

素羽輕翻，淡然無暑，稜稜當暑偏清。梨雲門掩〔一〕，甘自讓娉婷。聞道葵榴濃豔，應愁說、茉莉嘉名。裁蕉葉，停毫倚石，香韻賦難成。　散花人不遠，拈花微笑，合掌雙擎。似纖纖指示，海蔑波澄。爲問鴛鴦繡出，金針法、度與誰曾。長相對，紗窗清影，月上晚涼生。

【校】

〔一〕「門掩」，清鈔本作「風掩」。

南鄉子　簡南里華夫人

疏雨滴重簷。鏡裏霜花昨夜添。一片冷雲扶不起，懨懨。粘住濃香莫卷簾。　半晌嫩寒嚴。帶減茱萸一束纖。刀尺催人雙腕弱，摻摻。愁緒如絲懶去拈。

前調　紀夢，簡馬、薛兩夫人

昨夢到瑶京。仙母飛瓊花下迎。曲徑迴廊香拂袖，閒行。滿架琴書掩畫屏。　綺閣剪銀燈。彤管香奩細與評。獨有桂花天上句，「鈿合金釵事有無，不如天上桂花孤」，薛夫人詩也。偏清。一洗春愁秋怨情。

望海潮　句用菊名，題二喬觀兵書圖

玉樓春曉〔一〕，碧江霞淡，二喬並倚闌干。擁萬卷書，佩芙蓉劍，翠翹金鳳翩翩。一捻帶圍纖。儘九華妝就，八寶裙邊。疊雪揮毫，何須西子掃烽煙。　英雄天付嬋娟。似雙飛燕子，幕府紅蓮。芍藥題詞，鴛鴦宫錦，薔薇露滴硃研。奈琥珀杯殘。詠星稀月白，空想瓊環。分散沉香春深，雀舌話虚傳。

【校】

〔一〕「曉」，清鈔本、雲輪閣鈔本皆作「晴」。

菰月詞〔一〕

華文炳象五著　侯晰粲辰輯　嚴泓曾人弘訂

【校】

〔一〕《菰月詞》及其後《鶴邊詞》《容與詞》三種醉書閣二十一卷本無，據雲輪閣鈔本補，以清鈔本校。清鈔本目録、正文皆作「菰月」，雲輪閣鈔本目録作「菰月」，而正文作「菰川」。

臨江仙

畢竟今朝留不住，隨郎且下西洲。平分離恨與郎謀。舊愁郎自認，容妾認新愁。　誰道愁來還合併，欲分新舊無由。無情最是木蘭舟。趁潮過浦口，流淚滴磯頭。

前調　七夕

金井碧梧吹落葉，一天涼意初秋。水晶山枕看牽牛。情隨今夜盡，恩是隔年留。　可惜長生歡意緒，説來花淚盈兜。彩雲散盡水空流。絳紗銀燭暗，空照月如鈎。

摸魚兒　煉石閣

俯寒塘、尚餘孤閣，荒園一片秋草。當年此地徵歌舞，唤取後堂嬌小。天欲曉。鬭十二樓中，明月新妝巧。緑雲繚繞。選白石紅亭，簾垂四面，面面遠山繞。　傷心事，留與後人憑弔。龍蛇筆陣如掃。血染楓根紅露滴，自此風流絶少。金谷杳。衹剩取紅衿，燕子年年到。危欄獨眺。向冷雨酸風，天寒木脱，山鬼夜深嘯。

徵招　重過揚州

竹西歌吹揚州路，倦客經秋重到。曾此聽吹簫，奈曲終人杳。登臨無限好。漫吟遍、蕪城芳草。疏雨紅橋，十年舊夢，恍然驚覺。　腸斷紫雲歸，司勳事、寂寞怨紘哀調。沽酒小旗亭，記買花簪帽。江流空浩渺。送今古、清愁多少。雁聲遠、獨立平山，看荒林落照。

憶王孫　垂虹橋

垂虹垂柳正如絲。油碧春江二月時。酒旆臨風映水湄。比紅兒。十五吴娃唱竹枝。

月華清　春夜月

萬緑摇春，斜陽穿過，平林漠漠催暝。誰駕冰蟾，擁出碧空明鏡。沉素魄、煙鎖池塘，散皓彩、光生藻井。私忖。想六宫春色，分輝流暈。　況是風柔夜永。正露逼琴書，玉爐香潤。不比秋光，中帶角聲難聽。才照徹、楊柳襟期，旋鑒取、蕙蘭情性。人静。向闌干刻月，滿身花影。

菩薩蠻　贈歸孝儀先生新納姬人

上林新雨翻紅藥。侍臣不寢聽金鑰。仙署逼金鑾。玉堂今夜寒。　殘妝猶在臂。銀燭朝天去。花徑馬蹄歸。臨窗看畫眉。

前調　題黎眉畫美人

江梅謝了盈盈雪。海棠澹映娟娟月。鬧掃碧金環。妝成菩薩蠻。　七香車結隊。邀赴香燈會。來夕是元宵。應遊第幾橋。

金縷曲　久客將歸，再過闔章丁生墓上

再上丁蘭墓。怪西風、蕭蕭木脱，頓成秋暮。羈客孤眠安穩未，此地非君故土。悔當日、匆匆多誤。半束生芻三尺旐，問招魂、可到重臺路。君有恨，倩誰吐。　明朝我逐南雲去。跨征鞍、黄茅野店，幾程修阻。挈爾同行吾分事，荒驛清霜白露。怕流水斷橋難渡。無婦無兒誰慰藉，縱鶴歸華表增清楚〔一〕。天外雁，一行度。

【校】

〔一〕「清楚」，清鈔本作「淒楚」。

前調　題固山驛壁

匝地征塵黑。捲寒鴉、貔貅十萬，凱旋金闕。三箭天山傳檄定，競説將軍功烈。有油壁[一]香車雲集。花蕊載將充後乘，絳紗籠、映出臙肢雪。雞犬盡，夜寥寂。　書生竊作從戎策。整軍容、青青細柳，旌旗一色。霜月横戈眠馬上，不用舞茵歌席。怕鳥盡弓藏愁絶。客帳封侯纔夢罷，正牀頭夜嘯昆吾鐵。策蹇去，層冰裂。

【校】

〔一〕「壁」，清鈔本作「碧」。

前調　花朝雪霽，月中望梅

雲卧衣裳冷。領芳辰、奇花六出，粉匀寒凝。半晌鮫宫收薄霧，飛下碧天明鏡。便目炫、清光不定。照徹盈盈秋水骨，伴姮娥、獨立瑶臺徑。何處覓，步摇影。　色香界破空明境。似湘妃、凌波下上，蒼茫千頃。白玉闌干絲步障，圍住竹昏煙暝[一]。清夢到、羅浮庾嶺。短笛一聲孤鶴唳，正春江浪闊魚龍靜。支小閣，放孤艇。

【校】

〔一〕「煙」，清鈔本作「花」。

采桑子　爲霖蒼賦〔一〕

章臺楊柳枝枝好，明月箜篌。寶鏡香篝。中有佳人字莫愁。　使君也有羅敷在，錦帳春浮。寄語瓊樓。不是蓮花不並頭。

【校】

〔一〕清鈔本詞題闕。

渡江雲　江干夜泊，和《片玉詞》

黃塵迸馬足，斜陽渡口，水驛避風沙。舵樓吟落日，惆悵連天衰草、未還家。碧波明鏡，照鬢影、滿織霜華。落帆風、漁罾挂晚，檣上欲棲鴉。　傷嗟。長江天塹，折戟沉槍，逐東流日下。何處覔、後庭新曲，閉月籠紗。江山依舊青葱畫，頻點染、暮靄蒹葭。清露滴、漸汀洲月上蘆花。

十六字令

嗤。捉得楊花比似伊。縈羅帶，又惹繡簾絲。

望江南

春去也，伊更不思家。落絮暗縈蟢子網，斷香零趲蜜蜂衙。鸚鵡罵憑他。

前調

睢陽廟，魚貫進香船。石竹衫兒單半臂，墨花裙子凭雙鬟。照水逾加妍〔一〕。

【校】

〔一〕「逾」，清鈔本作「愈」。

減字木蘭花　送倫公還山，和來韻

亂紅飛了。鵲乳將雛蠶欲老。瓢笠歸家。只種香秔不種花。　留春無計。百尺游絲牽不住。望裏青山。想像孤吟傍藥欄。

沁園春　東介夫

一夜梅花，影到窗前，君真似之。自嫩鶯聲裏，一杯分手，綠楊煙外，百尺牽思。白雲吟殘〔一〕，紫芝歌罷，長憶尊前海雁飛。還堪笑，笑君同鶴瘦，我固書癡。　香塵著雨如絲。試散步、南岡接小隄。看春陰麥隴，低徊白燕，杏花村角，小颭青旗。相見無多，相思還又，芳草斜陽獨自歸。如何是，問山中裴迪，許寄新題。

【校】

〔一〕「白雲」，清鈔本作「白雪」。

玉樓春

沙棠雙槳輕於葉。摇出青溪四山碧。短短疏籬護夕陽，濛濛細雨催寒食。　踏青挑菜城南陌。悵望湔裙人獨立。小桃昨夜嫁東風，滿面羞紅嬌欲滴。

梅子黄時雨　得霖蒼近問

白袷單衫，愛雨過小池，緑漲煙暝。渺渺獨懷人，遥山修嶺。珍重雙魚問訊，近來不作傷春病。思流景。縠雨未過，誰寄新茗。　竹徑。陰森鶴静。正散抛碁局，枰覆花影。小閣倚明湖，朱霞千頃。夢到碧紗吟榻畔，殘香枕上薰愁醒。東風緊。一宵落紅吹盡。

鷓鴣天　和倫公韻

又得溪山幾日晴。忍將憔悴送清明。香風鵡尾雲邊棹，初月蛾眉鏡裏人。　兩岸柳，一隄鶯。年年春草逐愁生。斷腸詩句消魂語，獨自吟來獨自聽。

龍山會　重九前一日柬柏庭，時方客楚

佳節明朝九。遲爾歸來，共醉淵明酒。東籬寒色透。秋未老、黄槲丹楓如繡。木葉下亭皋，俯一片、秋陰埋晝。楚山遥，雲横鷲嶺，煙迷巫岫。　昨夜有客傳言，九曲三湘，幾處驚刁斗。歸鴻無恙否。登臨地、只恐風流非舊。落魄想秦嘉，也傷心、寒鴉枯柳。西風緊、黄花縱好，不堪重嗅。

西江月　江村

楊柳平橋漁浦，芙蕖深港人家。一籬新月荳棚花。散聽鄰翁閒話。　門外鳩啼暮雨，牀頭酒滴流霞。棉燈〔一〕

【校】

〔一〕以下雲輪閣鈔、清鈔本本皆闕。

鶴邊詞

顧彩天石著　侯晰粲辰輯　高大酉涵三訂

南鄉子

虹斷雨初晴。忍把離歌細細聽。油壁香車如夢裏，分明。送過長亭又短亭。　不是柳耆卿。也擅填詞第一名。曾自別來風調換，多情。杜宇東風哭小青。

如夢令

獸炭頻燒不暖。起看玉壺冰滿。索笑問梅花，剛道臘消一半。人遠。人遠。風雪楚天隔斷。

前調　夜宿富陽觀山樓

月墮一江煙暝。風細跳魚聲靜。孤館獨推窗，起看漁舟燈影。無定。無定。移過沙洲相並。

醜奴兒令　揚州雜詠

小屏風上江南路，疏柳紅橋。芳草裙腰。只隔闌干萬里遥。　分明記得相逢處，笑折含桃。戲剪生綃。留取離魂去後消。

其二

煙花萬點隋宫址，雨洗平蕪。樹老啼烏。剩得旗亭壁上圖。　人生合向揚州醉，翠袖當爐。細數青蚨。燭影摇紅唱鷓鴣。

惜分飛

折綻征衫和淚補。相送長亭古路。腸斷盧家婦。征人竟自攀鞍去。　縱得封侯身已暮。況是玉門長戍。多事空闈杵。年年擣到無聲處。

浪淘沙

目斷眺平蕪。落照啼烏。一重山更一重湖。湖水千重山萬疊，無雁傳書。　往事足欷歔。甚日歸歟。江流如箭下東吴。昨夜幾行離别淚，流到君無。

柳梢青　本意

煙雨蕭蕭。鶯梭織就，金縷千條。嫁與東風，飄來南陌，幾度魂消。　有時着個鳴蜩。酒醒後、殘陽畫橋。自落郵亭，不堪重折，那更霜凋。

前調

柳拂朱橋。煙絲未碧，春嫩難描。已過上元，猶遲百五，漸過花朝〔一〕。　春江尚帶寒潮。怎發付、休文瘦腰。酒後衣單，風前力軟，怯上蘭橈。

【校】

〔一〕「過」，清鈔本作「近」。

浪淘沙慢

夜寒凝，孤燈舊館，户擁殘雪。小飲旗亭乍歇。徵歌北里初闋。皎如鏡、南樓斜挂月。過燈市、銀漏方徹。念此際、有誰共攜手，天街玩清絶。　疏闊。情人渺若天末。記翠袖薰香，對櫳處、曾把盟誓説。想人生最苦，惟是輕别。韶年易失。照菱鑑、空歎滿頭華髮。倚闌干、唾壺敲缺。夢迷路、畫樓怎覓。藍橋水、茫茫怒濤咽。佇想月榭露臺，歡會處，能禁幾度青衫濕。

相見歡

秋風吹到江村。正黄昏。寂寞梧桐夜雨、不開門。　一葉落。數聲角。斷羈魂。明日試看衣袖、有啼痕。

惜分釵

春天雪。秋夜月。此地曾經幾人別。遠峰高。片帆遥。腸因甚斷，魂爲誰消。迢。迢。　楊柳絮。桃花雨。幾度留人人不住。斷霞紅。暮亭空。數聲譙鼓，一點壺銅。蓼。蓼。

鷓鴣天

月下弦時燈事殘。春來吟興也都闌。愁人白髮三千丈，花信東風廿四番。　催細雨，逗微寒。帳羅晚起不須彈。平生自作羈人慣，夢裏猶歌行路難。

摸魚兒

繞雷塘、煙横霧鎖，紛紛落葉難掃。繡衣灰燼隋朝事，不忍手披香草。風月好。髣髴聽、珊珊環珮歸來早。江都夢杳。不記得、芳魂幾時埋却，暗共青山老。　迷樓址，改作梵王宫了。晨鐘暮鼓空鬧。路傍石馬雙雙卧，贏得幾人憑弔。螢漸少。看滿地秋燐，還似漁燈照。千年華表。

縱化燕歸巢，故宮難覓，紅淚泣霜曉。

鶴沖天　本意

衣玄裳縞。正側眼看雲，意存瑶島。逋叟情深，懿公恩重，苦被風塵絆了。今日亭皋秋爽〔一〕，一舉直沖雲杪。天地小，問再來何處，除非華表。　横江夜何悄。振翮一鳴，煙月萬山曉。怕上揚州，秪應羞見，十萬腰纏杜老。千載悠悠不返，此意幾人能道。算知己，有武昌樓上，題詩崔顥。

【校】

〔一〕「今日亭皋秋爽」，清鈔本脱「秋爽」二字。

眼兒媚

檀槽輕撥按梁州。催酒不停籌。天涯歲晚，人間離别，總則難留。　登樓怕又添愁恨，只是莫登樓。醉時眼底，夢中心事，别後眉頭。

鵲橋仙　南湖嘴阻風

西風不息，南風又起，甚日東風纔可。長年三老悶相看，只恁把、光陰閒過。　江城如畫，平湖如練，秋水船如天坐。朝朝暮暮看廬山，還算是、廬山看我。

疏影　詠衰柳

梳風掠水。占小闌干外，嬝娜斜倚。葉葉成陰，重不勝柔，黃鸝曾借濃睡。一般都是春情態〔一〕，甚獨向、津樓驛邸。並不曾、繫住行人，但管別離而已。　料得衰殘更早，不禁秋思冷，月露梳洗。冶葉倡條，老去誰憐，零落全無生意。夕陽蟬韻何時歇，剩風曳、枯枝蓰蓰。等金河戍客歸來，應歎樹猶如此。

【校】

〔一〕「態」，清鈔本作「惹」。

小重山　望小姑山

楚岫吴山幾點青。總將愁就恨堆成〔一〕。今朝瞥見小姑迎。彭郎渚、獨立影娉婷。　幽咽此江聲。秋風吹不斷、許多情。馬當山下夢歸程。鄱陽口、幾個短長亭。

【校】

〔一〕清鈔本此句作「總將愁織就、恨堆成」。

南柯子

山黛愁中斂，江光夕後昏。不勝寒色早關門。分付梅花獨自，去銷魂。

浣溪紗〔一〕　賦得「玉人何處教吹簫」

月朗河明廿四橋。有人曾此教吹簫。一曲未終人便去，夜迢迢。　黄鳥不堪愁裏聽，青山留待雨中描。借問此情誰得似，廣陵潮。

【校】

〔一〕清鈔本詞牌作「攤破浣溪紗」。

洞仙歌　題古亭

蒼煙叢裏，有荒亭一角，鼯鼠凄涼竄古瓦。戰疏風、葉葉滿壁藤蘿，人不到，萬古霜侵雨打。半楹臨水檻，尚有留題，墨淡無痕間殘畫。没個倚闌干、再和新詞，除鬼語、月明林下。遊到此、誰人不傷心，況寒食、棠梨又將開也。

虞美人　夢畢雨稼

子規叫落枝頭月。此際思歸切。思歸却與故人逢。話盡黄河東岸、五更風。　少年豪興今誰在。别淚多於水。夢回君去酒初醒。一點摇摇窗火、不分明。

蘇武慢　徐安士碧山堂看新緑

高棟雲横，層軒霧捲，首夏天然無暑。疏簾乍揭，松韻徐來，十丈紅塵何處。夕陽影裏，一派歸鴉，直接未央宫樹。似君家、高會堂開，一樣楚天新雨。　却長安跨馬重遊，英雄落魄，尚想當年豪舉。清樽互賞，險韻頻賡，驚坐唯吾與汝。鬢點秋霜，衫凝紅淚，那得年年羈旅。又看花過了，酴醿門外，緑陰如許。

山亭柳

不繫歸舟。只是繫離愁。酒帘下，市梢頭。曾挂傍山新月，能遮隔水紅樓。解舞腰肢老矣，減盡温柔。　鶯梭織得絲兒密，蟬聲又早送清秋。能幾日，緑陰稠。今歲白門堪折，明年人在蘆溝。忽聽故園吹笛，忘了封侯。

賀新涼　燕子磯懷古

如此江山者。幾千場、英雄血戰，詞人淚灑。石赭松蒼濤翻雪，疑是天開圖畫。想萬古、愁從此瀉。鐵鎖沉江銷金粉，併陳隋、總入漁樵話。渾不記，金甌價。　漁罾獨背斜陽挂。令人思、中原擊楫，臨流飲馬。況值秋高楓丹候〔一〕，一雁橫空直下。禁此際、離杯重把。欲遣愁腸都鎔盡，擊鳴鼉、萬弩迎潮射。撾碎却，唾壺也。

【校】

〔一〕「候」，清鈔本作「後」。

容與詞

蔡燦漢明著　侯晰粲辰輯　侯文燈伊傳訂

西江月　廣陵感事

兩岸曉風楊柳，一簾晴雪梨花。畫樓燈火那人家。翻憶石頭城下。　綵筆乍調螺黛，寶釵低按紅牙。無端香夢隔天涯。腸斷年時此夜。

臨江仙　家信

緑認垂楊舊縷，紅棲燕壘新梁。憐他客況易淒涼。一函芳訊，軟語慰檀郎。　閣起別來憔悴，言歡字字荒唐。只愁辜負好時光。得歸須早，蜂蝶也雙雙。

甘州子　春晚，凝香閣口占

單衣初試怯餘寒。驚瘦影，鎖眉端。多情月傍落花圓。纖手劃闌干。無聊煞、拖住小姑看。

憶秦娥　餞春

香漠漠。月痕西墜銀牆角。銀牆角〔一〕。央他漏鼓，把春擔閣。　自攜殘蠟牽羅幕。花鬚人淚飄零各。飄零各。今宵還好，怎拚眠著。

【校】

〔一〕「銀牆角」三字雲輪閣鈔本原脱，據清鈔本補。

清平樂　山陽舟次

柳花如雪。浪打船頭濕。濁酒瓦盆聊醉月。消受東風寒食。　溪頭薺菜開花。前村已賣新茶。

回首夕陽西下，山僧曳杖還家。

搗練子　問月窗早起，爲箇人賦

鶯對語，燕交飛。爲惜風光只掩扉。春色惱人春夢好，一庭紅日乍穿衣。

其二

香冉冉，雨霏霏。草色籠煙緑上衣。生怕春光易飄泊，重重屈戌鎖朱扉。

人月圓

十日小樓風雨九，何事苦離家。病逐愁增，量隨歡減，春在天涯。　相逢如夢，冰肌暈玉，羞靨飛霞。繡幄香濃，畫屏人靜，月映窗紗。

南鄉子　感秋

清露濕疏篁。燈燼香消覺夜涼。獨立空階人靜悄，悽惶。彈指聲中淚幾行。　難解是愁腸。瘦影孤棲怎得雙。回首舊歡何處也，迴廊。樹色模糊月半牀。

滿江紅　山居

九點龍峰，峰之下、幾間茅舍。看一帶、垂垂細柳，雨縈煙惹。挑菜浪尋孺子戲，銜杯一任黃鸝罵。矮牆邊、犬吠隔溪人，真圖畫。　花幾種，村頭買。書幾卷，鄰家借。笑山居雜課，也無閒暇。短鍤鋤雲裁筍竹，葛巾漉酒迎風灑。任紅塵百計泥人來，都教謝。

前調　贈友

門枕清溪，容膝處、數廛茅屋。窗閣外、晚雲如拭，曉山如沐。幾兩平生風雨屐，一庭寒玉瀟湘竹。儘徜徉、坐嘯與行吟，無拘束。　蘆筍嫩，烹來熟。漁唱斷，菱歌續。趁一杯殘醉，倒騎黄犢。稚子歡呼爭釣餌，老妻屋角彫新穀。算人間、幾箇得如君，鷗盟獨。

卜算子　珊瑚林同閨人賦

香到落梅風，青到垂楊縷。春色三分半已歸，花淚彈紅雨。　難剪是愁絲，欲理無頭緒。粉蝶雙雙也怕愁，飛過鄰家去。

前調　閨情

紅冷杜鵑枝，香老荼蘼架。一夕春山换緑陰，乳燕營巢者。　曉起怯梳頭，倦倚鈎簾下。爲甚宵來好夢無，多分春歸也。

踏莎行　輕筠閣舊韻示江萍

繞樹游絲，入簾香雪。東風薄倖催春别。欲描衣上並頭花，生憎花底雙棲蝶。　好句吟成，寶釵敲折。朦朧一片淒涼月。愁多最怕夢醒時，夢來偏等愁時節。

醉花陰　春閨，爲春珊吴校書作

樓高簷馬風吹動。柳壓春煙重。日暖落花天，戲剥瓜仁，須與鶯哥俸。　榆錢補滿苔錢空。乞得金錢種。午睡乍醒來，怪底春歸，還做春前夢。

前調　秋閨

黄花插鬢香魂覆。雙袖籠金獸。莫是近重陽，爲甚西風，也愛吹人瘦。　不眠正是愁時候。砧杵敲寒漏。秋到更銷魂，不獨春光，慣把人僝僽。

添字浣溪沙　即事

書帶垂垂拂檻青。杜鵑枝上露飄零。半晌凭窗無一語，數春星。　斟酌新題頻閣筆，推敲險韻屢挑燈。聽得唤眠佯不應，待詩成。

菩薩蠻　籠香閣遺事

夢中同看梨花雨。醒來猶作喃喃語。繡被壓春寒。低頭蹙遠山。　心情無限惡。恨別燈煤落〔一〕。開煞並頭花。何曾準到家。

【校】

〔一〕「燈煤」，清鈔本作「燈花」。

減字木蘭花

藕花風起。曲斷漁家三四里。鸂鶒雙飛。楊柳陰中露酒旗。　晴波瀲灩。夜色玲瓏山黛染。夢繞紅樓。小艇横斜滿載愁。

蝶戀花

點點階前秋雨滴。做盡秋聲，總爲愁人設。殘夢漸沉雞漸咽。砌成枕上愁千疊。　歸夢迢迢江水闊。一片離魂，空與江煙濕。熨遍孤衾還未熱。曉寒早向羅幃逼。

前調　芸馥齋春半紀事

百尺楊絲籠細雨。閣住東風，不放吹芳絮。銀箸撥爐香畔語。口脂相賞儂和汝。　簾外忽來雙翠羽。兩兩情多，怎不留他住。只是須憐離別苦。莫輕容易抛人去。

虞美人

爐煙細細紅窗閉。人睡濃香裏。落花枝上亂鶯聲。最好採茶天氣、半晴陰。　潛身半晌銀屏側。收拾雙鴛窄。日高猶未到妝樓。翻怪小姑多事、喚梳頭。

前調

妒花偏是清明雨。剩得愁無主。烏絲細細寫情踪。更取纖纖私印、印猩紅。　幾行歸雁排人字。没箇魚箋至。抛人似不把人憐。多分天涯花草、暗縈牽。

前調

濛濛淚雨和花雨。好共誰相語。鏡痕點點粉痕紅。痛惜一生歡夢、易匆匆。　新茶未向樓前採。陡覺韶光改。平疇草色緑瀰漫。未審天涯曾否、倚闌看。

鷓鴣天

一室無喧意自佳。嫩煙和雨灑平沙。鄰翁剥啄來看竹，稚子歡呼學賣花。　斟白墮，種黄瓜。無多清事足生涯。更移盆盎庭心裏，受得天泉好鬭茶。

前調

燕乳新雛宿畫梁。細風吹雨響疏篁。殘花瓣瓣紅留檻，嫩葉層層緑染窗。滌宿硯，撥餘香。垂簾臨罷十三行。欲尋好韻從頭和，架上抽來得晚唐。

前調 悼往

花信頻催二月天。雨昏煙暝曲闌前。淒涼遺照憐孤坐，明滅殘燈伴獨眠。封綺户，掩香奩。青衣含淚進朝餐。冥途誰爲供脂粉，拜乞高僧送紙錢。

前調

小小園林景物幽。傍簷新柳帶煙柔。雨餘鴿户催童補，花底蜂房倩婢修。臨玉版，理香篝。醒時垂釣醉時謳。傍人莫訝無交接，也有相知鷺與鷗。

前調　歌筵有贈

驀地東風著柳斜。珠闌宛轉篆煙遮。歌成扇底鴛鴦曲，蹴損裙拖姊妹花。　難勝酒，屢呼茶。昵郎簾畔整金釵。離魂此夜風吹斷，何日重逢金犢車。

浪淘沙

新雨漲銀塘。楊柳輕黄。偶然經過鬱金堂。鸞鏡乍開窗半啟，恰好晨妝。　挽髻坐聞香。眉語商量。叮嚀切莫露輕狂。真箇相憐儂自解，妒眼須防。

梁溪詞選跋（二）

潘承弼

《梁溪詞選》二册，清侯晰粲辰所輯同邑同時詞人之作，凡十八家：曰秦松齡對嵒之《微雲堂詞》，曰顧貞觀梁汾之《彈指詞》，曰嚴繩孫藕漁之《秋水軒詞》，曰杜詔紫綸之《浣花詞》，曰鄒溶二辭之《香眉亭詞》，曰華侗子愿之《春水詞》，曰顧岱止庵之《澹雪詞》，曰朱襄贊皇之《織字軒詞》，曰華文炳象五之《菰月詞》，曰湯焴鞠劬之《棲筠詞》，曰張振雲企之《香葉詞》，曰宏倫敘彝之《泥絮詞》，曰鄒祥蘭貽仙之《問石詞》，曰顧彩天石之《鶴邊詞》，曰蔡燦漢明之《容與詞》。而殿以侯氏一家所著三種：曰《惜軒詞》，爲粲辰自作；曰《鶴澗詞》，則粲辰之姪文燿夏若所作；曰《棲香閣詞》，則女史顧貞立文婉所作，蓋端文公之女孫歸侯氏者是也。全書所録惟對嵒之《微雲堂詞》、梁汾之《彈指詞》、藕漁之《秋水軒詞》猶見傳本，餘皆不可得見。侯氏掇拾之功，粲然可徵，蓋足以光邑乘矣。余按侯氏自序於康熙壬申，則所録同時之作，不過康熙一朝。以梁溪人文之秀，上下千載，視此不猶滄海之稊米乎？迄乎晚清之際，則有丁氏紹儀輯《詞綜續補》四十卷，所録梁溪詞人爲多，蓋可以廣侯氏之業矣。惜其書流傳不多，覯非易耳。

此書世無刻本，余得繆氏雲輪閣傳鈔一本，藝風手自勘定，奪譌殘蠹，壹仍其舊。是本後歸孫氏小緑天，余蓋得之孫氏者。藝風繕寫之功，有待刊布之業，惜再易主，而不得其傳，爲可慨歎矣。吾吴詞人自乾嘉以來，邁軼梁溪，惜詞徵之業，至今乏人。予有志斯事，掇拾略具，横遭倭變，舊稿叢殘，不復可理。息影滬濱，萬念俱灰，燈窗撫卷，爲之流涕。戊寅四月四日，殢柳詞人吴縣潘承弼跋於滬上斜橋寓廬。

【校】

〔一〕醉書閣刻本無跋，此據雲輪閣鈔本補。

圖書在版編目（CIP）數據

梁溪詞選 /（清）侯晰輯；曹明升點校. -- 南京：南京大學出版社，2024. 11

（清代詞籍選本珍稀版本彙刊 / 沙先一，曹明升主編. 第一輯）

ISBN 978 - 7 - 305 - 27518 - 0

Ⅰ. ①梁…　Ⅱ. ①侯… ②曹…　Ⅲ. ①詞（文學）—作品集—中國—清代　Ⅳ. ①I222. 849

中國國家版本館 CIP 數據核字（2024）第 001505 號

出版發行　南京大學出版社
社　　址　南京市漢口路 22 號　　　郵　編　210093

叢 書 名　清代詞籍選本珍稀版本彙刊（第一輯）
主　　編　沙先一　曹明升
書　　名　梁溪詞選
編　　者　［清］侯　晰
點　　校　曹明升
責任編輯　李晨遠
裝幀設計　趙　秦
責任監製　馮曉哲

照　　排　南京紫藤製版印務中心
印　　刷　南京愛德印刷有限公司
開　　本　635 毫米×965 毫米　1/16　印張 23　字數 242 千
版　　次　2024 年 11 月第 1 版　2024 年 11 月第 1 次印刷
ISBN 978 - 7 - 305 - 27518 - 0
定　　價　88. 00 圓

網址：http://www.njupco.com
官方微博：http://weibo.com/njupco
官方微信號：njupress
銷售咨詢熱綫：025 - 83594756
